大家小书

词曲概论

龙榆生 著

北京出版集团公司
北京出版社

图书在版编目（CIP）数据

词曲概论 / 龙榆生著．— 北京 ：北京出版社，2016. 7

（大家小书）

ISBN 978-7-200-11993-0

Ⅰ. ①词… Ⅱ. ①龙… Ⅲ. ①词（文学）—诗词研究—中国②散曲—文学研究—中国 Ⅳ. ①I207. 2

中国版本图书馆CIP数据核字（2016）第064893号

总策划：安　东　高立志　　责任编辑：陈金华　陶宇辰

· 大家小书 ·

词曲概论

CIQU GAILUN

龙榆生　著

*

北京出版集团公司
北京出版社 出版

（北京北三环中路6号　邮政编码：100120）

网　址：www.bph.com.cn

北京出版集团公司总发行

新华书店经销

北京华联印刷有限公司印刷

*

880毫米×1230毫米　32开本　9.875印张　157千字

2016年7月第1版　2023年2月第4次印刷

ISBN 978-7-200-11993-0

定价：38.00元

质量监督电话：010-58572393

序　言

袁行霈

“大家小书”，是一个很俏皮的名称。此所谓“大家”，包括两方面的含义：一、书的作者是大家；二、书是写给大家看的，是大家的读物。所谓“小书”者，只是就其篇幅而言，篇幅显得小一些罢了。若论学术性则不但不轻，有些倒是相当重。其实，篇幅大小也是相对的，一部书十万字，在今天的印刷条件下，似乎算小书，若在老子、孔子的时代，又何尝就小呢？

编辑这套丛书，有一个用意就是节省读者的时间，让读者在较短的时间内获得较多的知识。在信息爆炸的时代，人们要学的东西太多了。补习，遂成为经常的需要。如果不善于补习，东抓一把，西抓一把，今天补这，明天补那，效果未必很好。如果把读书当成吃补药，还会失去读书时应有的那份从容和快乐。这套丛书每本的篇幅都小，读者即使细细地阅读慢慢地体味，也花不了多少时间，可以充分享受读书的乐趣。如果把它们当成补药来吃也行，剂量小，吃起来方便，消化起来也容易。

我们还有一个用意，就是想做一点文化积累的工作。把那些经过时间考验的、读者认同的著作，搜集到一起印刷出版，使之不至于泯没。有些书曾经畅销一时，但现在已经不容易得到；有些书当时或许没有引起很多人注意，但时间证明它们价值不菲。这两类书都需要挖掘出来，让它们重现光芒。科技类的图书偏重实用，一过时就不会有太多读者了，除了研究科技史的人还要用到之外。人文科学则不然，有许多书是常读常新的。然而，这套丛书也不都是旧书的重版，我们也想请一些著名的学者新写一些学术性和普及性兼备的小书，以满足读者日益增长的需求。

“大家小书”的开本不大，读者可以揣进衣兜里，随时随地掏出来读上几页。在路边等人的时候，在排队买戏票的时候，在车上、在公园里，都可以读。这样的读者多了，会为社会增添一些文化的色彩和学习的气氛，岂不是一件好事吗？

“大家小书”出版在即，出版社同志命我撰序说明原委。既然这套丛书标示书之小，序言当然也应以短小为宜。该说的都说了，就此搁笔吧。

词学宗师龙榆生

钱鸿瑛

2001年7月，曾冒着酷暑为龙榆生先生《中国韵文史》写“导读”；今年的酷暑刚从上海飘然远去，又一次有机会为先生大作写“序”，不禁感慨万千。

龙先生名沐勋，字榆生，别号忍寒居士，以字行。1902年生，1966年病逝，为20世纪中国词学宗师之一。敏于词作，长于论述，勤于编撰。1929年开始写词学论文，具有同时代一般研治诗词学者所不及的敏锐思辨力和广阔的视野。其论文一变往昔词界评点论词的形式，推进了当时词学研究的学科建设。1933年创编《词学季刊》，至1936年9月共出11期，后因抗战爆发而中止。上海书店于1985年12月重印此刊。夏承焘先生题词云：“《词季》问世，颇为词坛耆宿所赏，同时学者，如叶恭绰、张尔田、夏敬观，并为延誉，多所匡赞。盖词之为学，久已不振，旧学既衰，新学未兴。龙君标举《词学》，使百年来倚声末技，顿成显学，厥功甚伟。”此言公正。龙先生对词之起源和发展、词的创作、词的艺术风格以及代表性作家、作品，进行了全面探讨；对全部词史作了研究，重点为唐宋词。所著《唐宋词格律》、《词曲概论》、《词学十讲》、《龙榆生词学论文集》等书，深受词学界重视和一般读者欢迎。所编《唐宋名家词选》自1934年12月开明书店初版，一而再、再而三重版，至今在广大读者中影响深远。

《词曲概论》原是龙先生大学任教时讲稿，1979年经上海古籍出版社整理出版。书分上下两编。上编论源流，主要论述词曲的特性及其起源、发展、流变，并对唐宋词、元曲、明清传奇的重要作家、作品加以评价。下编论法式，着重探讨声韵对词曲的重要作用，阐明词曲中平仄四声的安排、韵位的疏密和平仄转换等对表达思想感情的关系。本书对许多问题的阐发细致深入，且具独到见解，对研究词曲史、声律学以及词曲写作，都有参考价值和指导意义。书中所引例子，多为脍炙人口的名作，通过介绍和评析，有助于提高读者的鉴赏力。当然，由于当年政治环境的影响，书中不免留下一些“左”的痕迹；今天的读者从历史观点出发，应能鉴察。

龙榆生先生和笔者相识于1964年春。当时他是著名词学家，我是高校青年教师，他不但没有丝毫“架子”，且对我十分热情。每当去香山公寓拜访，先生总是替我冲一杯麦乳精，旁置一盒饼干。我有一次问他："我吃了这么多的麦乳精和饼干，从来没带礼品给您。您爱吃什么呢？"他笑着说："我喜欢碧螺春。"我又问："碧螺春是什么？"他说："是茶叶啊！"我就买了一小罐碧螺春茶叶给先生，他非常高兴。那时期的龙先生，总是神采飞扬，口若悬河、滔滔不绝地谈论有关词的话题。有一天他在高亢的发言中，突然压低了声音，对我这唯一的听众神秘兮兮地说："有人来上海，送我一首词。"我问："是谁？什么词？"他迟疑一下，目光向四周迅速扫视一遍，见客厅门是关上的，就急急走向里间，拿了一张纸出来，递给我，低声道："是陈毅将军的。""啊！"我感到惊奇，不由自主发出这么一声，低头看词。我分明感觉到龙先生是经过考虑而持非常谨慎态度让我看的，似乎等我一瞥后就即抽走，也就急急忙忙、慌里慌张地往纸上搜索；可怜连词牌都未看清，只记得标题是《蟹》，内容咏物而富有讽刺意味。等我急急"搜"毕，龙先生果然急急拿走词稿，放回里间了。我惊魂甫定，脑中一闪：是否可请先生让我抄录这首珍贵难得的词呢？我终于未敢启齿。当时形势虽尚未"山雨欲来风满楼"，但自1951年以来不断的政治运动，使从旧社会过来的老知识分子宛如惊弓之鸟；龙先生让我看陈毅的词，已经是对我莫大的信任了。“文革”一开始，龙先生和我就无法联系，此词的最后命运，也就不得而知。我猜想先生那时对陈毅同志的《蟹》，极可能彼此唱和。

先生文思敏捷，诗情横溢，每次相见总有新作相示。赠我词数首，都写在宣纸制的精美信笺上，毛笔小楷的字迹是长长的、瘦瘦的。第一首赠词是《浣溪沙》：

> 掩卷低回暮色稠，藕风吹面冷于秋。算来词女总工愁。
>
> 飘絮雪花行踽踽，织烟丝雨思悠悠。梅花知是几生修。

写得空灵而婉美。后来我看到原稿的结句本是“梅花笛里又江楼”，可见先生是用心改的。最后一首赠词《蝶恋花》云：

> 肯向邯郸轻学步？青眼相看，那复伤迟暮。只恨芳韶留不住，消凝洛浦凌波去。　　一霎沧桑经几度。月上潮平，静爱幽花语。合共湘累绵坠绪，澧兰沅芷迷归处。

可见内心交织着寂寞、伤感和期盼。龙先生还告诉我昔日朱彊村先生收他为弟子时，赠他一方端砚。他也赠我一块端砚，是圆形的，至今我仍珍藏着。

悠悠十几年过去了，1986年春，龙先生长公子龙厦材学兄寄来上海音乐学院印发的《悼念龙榆生先生》小册子，才知先生被错划右派问题，“已由中共上海音乐学院委员会于一九七九年一月十六日予以改正，恢复名誉”。那么，1979年“改正”，离先生1966年逝世，已有13年了。所幸新时期以来，龙榆生先生之著作得以不断出版和重版。2003年1月18日，先生曾经工作过的暨南大学与中国社会科学院文学研究所《文学遗产》编辑部、《文学评论》编辑部等单位联合举办研讨会，纪念“龙榆生教授百年诞辰”。来自境内外的40余位专家、学者围绕着先生的学术成就，纷纷发言，赞扬先生在词学上所作的重大贡献。中国社科院文研所陶文鹏同志赋诗云：“风云激荡蛰龙吟，壮烈声情赤子心。拗怒和谐分析妙，清雄婉约探求深。构思体系开高路，咳唾珠玑泽后昆。今日暨南春光暖，词林葱绿慰骚魂。”“慰骚魂”，也是此诗标题。啊！在这春光融融的纪念会上，代表们座前都泡着一杯香茗。我默默想：每当春天来临的日子，碧螺春茶总会上市的吧？

2003年国庆期间于上海

目 录

上编 论源流

下编　论法式

上编　论源流

第一章 词曲的特性和两者的差别

词和曲都是先有了调子，再按它的节拍，配上歌词来唱的。它是和音乐曲调紧密结合的特种诗歌形式，都是沿着“由乐定词”的道路向前发展的。宋翔凤《乐府馀论》讲过：“宋、元之间，词与曲一也，以文写之则为词，以声度之则为曲。”如果就它们的性质来说，这话原来不错。但是一般文学史上都把词和曲作为两种不同体裁的名称。宋词、元曲，在我国文学发展过程中，占着很重要的地位。它的名称的由来，是从乐府诗中的别名，逐渐扩展成为一种新兴文学形式的总名的。唐诗人元稹在他写的《乐府古题序》中，把乐府的发展分作两条道路。他说：

《诗》讫于周，《离骚》讫于楚。是后诗之流为二十四名：赋、颂、铭、赞、文、诔、箴、诗、行、咏、吟、题、怨、叹、章、篇、操、引、谣、讴、歌、曲、词、调，皆诗人六义之余，而作者之旨。由操而下八名，皆起于郊、祭、军、宾、吉、凶、苦、乐之际。在音声者，因声以度词，审调以节唱，句度长短之数，声韵平上之差，莫不由之准度。而又别其在琴、瑟者为操、引，采民氓者为讴、谣，备曲度者总得谓之歌、曲、词、调。斯皆由乐以定词，非选调以配乐也。由诗而下九名，皆属事而作，虽题号不同，而悉谓之为诗可也。后之审乐者，往往采取其词，度为歌曲。盖选词以配乐，非由乐以定词也。

《元氏长庆集》卷二十三

这前一种就是先有了曲调，按照每一个调子的节奏填上歌词；后一种就是先有了歌词，音乐家拿来作谱。照道理讲，后者比较自由，应该可以大大发展，然而为什么反而把前者作为一个时代乐歌的主要形式，作者甘心受那些格律的束缚，甚至不惜牺牲内容来迁就它呢？仔细一想，这原因也很简单。《旧唐书·音乐志》上不是说过“自开元以来，歌者杂用胡夷里巷之曲”吗？我们检查一下崔令钦所写的《教坊记》，它所记载的开元教坊杂曲，就有三百多个调子，除极小部分是来自外国或宫廷创作外，都是从民间采来的。这些来自民间的调子，当然为广大人民所喜闻乐见，大家都唱熟了。应用这种在民间生了根的形式来表现作者所要表达的情感，自然容易被广大人民所接受而引起共鸣。

词和曲都是“倚声”而作。词所倚的“声”，大部分是“开元以来”的“胡夷里巷之曲”。这些曲调，虽然大多数出自民间的创作，它所用的音乐却已掺杂了不少外来成分。这由于魏、晋以来，直到隋朝的统一为止，中国的北部，长期经过少数民族的统治和杂居，把许多外来的乐器和曲调，不断地传了进来，与汉民族固有的东西逐渐融合，从而产生一种新音乐，也就是隋、唐间所称的燕乐。这种新音乐，由于国家的统一而普遍流行起来，民间艺人因而不断创作新的曲子，这就是“倚声填词”者的唯一来源。宋人郭茂倩《乐府诗集》中所标举的“近代曲辞”，表明了“倚声填词”由尝试而逐渐形成的关键。他说：

> 近代曲者，亦杂曲也。以其出于隋、唐之世，故曰近代曲也。隋自开皇初，文帝置七部乐：一曰《西凉伎》，二曰《清商伎》，三曰《高丽伎》，四曰《天竺伎》，五曰《安国伎》，六曰《龟兹伎》，七曰《文康伎》。至大业中，炀帝乃立《清乐》、《西凉》、《龟

兹》、《天竺》、《康国》、《疏勒》、《安国》、《高丽》、《礼毕》，以为九部。乐器工衣，于是大备。唐武德初，因隋旧制，用九部乐。太宗增《高昌乐》，又造《燕乐》，而去《礼毕》曲。其著令者十部：一曰《燕乐》，二曰《清商》，三曰《西凉》，四曰《天竺》，五曰《高丽》，六曰《龟兹》，七曰《安国》，八曰《疏勒》，九曰《高昌》，十曰《康国》，而总谓之燕乐。声辞繁杂，不可胜纪。凡燕乐诸曲，始于武德、贞观，盛于开元、天宝。其著录者，十四调，二百二十二曲。又有梨园别教院法歌乐十一曲，《云韶乐》二十曲。肃、代以降，亦有因造。僖、昭之乱，典礼亡缺。其所存者，概可见矣。

《乐府诗集》卷七十九

这些乐种，除《清商》部外，全是外来的。由于文化交流，经过长时期的消化作用，到了唐玄宗时，一种新的民族音乐，便如春花竞放，普遍在民间盛行起来了。看了上面所说“声辞繁杂”的话，这许多曲调原来不但有歌谱，而且是也有歌词的。是不是和后来一样，按着长短不齐的节奏去填上歌词，现在很难猜测；但这里面必定会有很多来自民间的作品，或者因为它不够“雅”，没有受到统治阶级的重视，所以很快就散失了。

在封建社会里，劳动人民是最富于创造性的，所谓“穷者欲达其言，劳者须歌其事”（庾信《哀江南赋序》），有了自己丰富的内容，自然会创造出自己的新形式。至于上层人物，往往落在后面，而又不甘心于放下自己的架子，偏要群众去迁就他，直到群众的力量发展到了不可抵抗的地步，而自己的东西却为群众所拒绝，才会回过头来，朝着群众的方向去跑。这样，凭他们的艺术修养，找到了正确方向，就能够在群众的基础上，不断提高。所以，在唐代新音乐兴起之后，与它相应发展的新体长短句歌词必须经过一个酝酿的过渡时期，这是毫不为怪的。

郭茂倩在“近代曲辞”中，列举了开元、天宝间流行的一些大曲，如《伊州》、《梁州》、《甘州》之类，每一段都配上当时诗人所写的五、七言诗，有的只是截取全篇中的四句，勉强凑合着来歌唱。例如《伊州歌》共有唱词十段，第三段就是用沈佺期《杂诗》的前半首：“闻道黄龙戍，频年不解兵。可怜闺里月，偏照汉家营。”（《乐府诗集》卷七十九）《水调歌》共有唱词十一段，第七段（入破第二）就是用的杜甫《赠花卿》一首七言绝句：“锦城丝管日纷纷，半入江风半入云。此曲只应天上有，人间能得几回闻？”（《乐府诗集》卷七十九）也有摘取李峤《汾阴行》的结尾“山川满目泪沾衣，富贵荣华能几时？不见只今汾水上，唯有年年秋雁飞”（《碧鸡漫志》卷四），作为《水调歌》中一段歌词的。这些大曲，有的多到二十四段，如《凉州排遍》；有的十二遍，如《霓裳羽衣》。王灼曾经说：“后世就大曲制词者，类从简省。”（《碧鸡漫志》卷三）可见唐诗人对新体歌词的创作，远远落后于民间流行和教坊传习的新兴曲调；而那些整齐的诗句，是由乐工加上虚声，勉强凑着来合拍的。这种偷懒的过渡办法，可以看出士大夫的怠性和不甘适应群众的要求，从而延缓了长短句歌词的发展速度。这偷懒办法，却也有它的历史根源。据北宋音乐理论家沈括说：

> 诗之外又有和声，则所谓曲也。古乐府皆有声、有词，连属书之，如曰“贺贺贺”、“何何何”之类，皆和声也。今管弦之中缠声，亦其遗法也。唐人乃以词填入曲中，不复用和声。此格虽云自王涯始，然贞元、元和之间（公元785—820年），为之者已多，亦有在涯之前者。又小曲有“咸阳沽酒宝钗空”之句，云是李白所制。然李白集中有《清平乐》词四首，独欠是诗。而《花间集》所

载“咸阳沽酒宝钗空”，乃云是张泌所为，莫知孰是也。今声词相从，唯里巷间歌谣及《阳关》、《捣练》之类，稍类旧俗。然唐人填曲，多咏其曲名，所以哀乐与声，尚相谐会。今人则不复知有声矣！哀声而歌乐词，乐声而歌怨词，故语虽切而不能感动人情，由声与意不相谐故也。

《梦溪笔谈》卷五《乐律一》

在这一大段话里面，有三点值得注意。第一，是在长短句歌词的新形式没有完成之前，所有配合曲调的歌词，是长期停留在借助虚声勉强凑合的过程中。我们只要去看看沈约《宋书》卷廿二《乐志》四所载汉鼓吹铙歌十八曲和今（刘宋）鼓吹铙歌词三曲，简直没法读通。这原因据沈约说：“今鼓吹铙歌词，乐人以音声相传，训诂不可复解。”又说：“汉鼓吹铙歌十八篇，按《古今乐录》，皆声、辞、艳相杂，不复可分。”由此可见，后来“依声填词”的办法，虽然是束缚得很厉害，但也是出于不得已而用之，在乐歌史上是一个大大的进步。我们再查查《宋书》，还列举了缪袭写的魏鼓吹曲十二篇，傅玄写的晋鼓吹曲廿二篇，韦昭写的吴鼓吹曲十二篇，何承天私造的鼓吹铙歌十五篇，都是仿照汉鼓吹铙歌十八曲和一部分其他汉乐府的调子来写的；魏武帝（曹操）、文帝（曹丕）、明帝（曹睿）所作的乐府诗，也都用了许多长短句子。这当然就是后来“依声填词”的开端。晋荀勖也曾发生下面这样的疑问：“魏氏歌诗，或二言，或三言，或四言，或五言，与古诗不类。”他去问司律中郎将（掌乐的官员）陈颀。颀对他说：“被之金石，未必皆当。”（《宋书》卷十九《乐志》一）从这话里，可以看出魏氏歌诗所以要用长短句，就是为了配合曲调的节奏，也只有曹操才敢尝试去创作。当然，这些创作没有经过相当长期的锻炼，就希望它能够“被之金石”而“皆当”，是很难做到的。但比起那些死板的一定要把整齐的、固定的四言或五言句子，勉强凑合着参差不齐的曲调，再加上一些有声无义的字眼去唱，弄得听者莫明其妙，写在书上，谁也读不通，是要进步得多了。一般文学史家，谈到词的起源问题，都不晓得在这些材料上着眼，是绝对不能得出正确结论来的。荀勖听了陈颀的话，却开起倒车来，他替晋王朝写的歌词，又全用四言句式。我疑心沈约所说“不可复解”的今鼓吹铙歌词三曲，即是用的汉鼓吹铙歌十八曲中的《上邪》、《远如期》（原作《晚芝田》，此据注语）、《艾如张》三个调子，如果不是用的整齐句式，给乐工加了许多虚声，注上字眼，那怎么会连同时的沈约都读不下去呢？

现在流传下来的汉、魏、六朝乐府诗，大多数是民间的作品，就有了不少长短句式。在吴歌小曲中，三言搭五言的形式，更是多得很。可见劳动人民素来就是敢想、敢做而富于创造性的。单就这种“倚声填词”的办法来讲，民间早就有了，而且曹操也都跟着尝试过了。可是直到开元、天宝间，经过五百多年的漫长岁月，所有不断从少数民族输入和民间创作的曲调，不知积累了多少财富，而诗人们还是那样保守，还是不肯接受“胡夷里巷之曲”去“倚声填词”，从而延缓了长短句歌词的发展，这是十分可惜的。

由于齐、梁以来的声律论，把平、上、去、入四声应用到文学形式上来，积累了几百年的经验，形成了唐人的五、七言近体诗。这种近体律、绝诗，本身就有它的铿锵抑扬的节奏感，音乐性非常浓厚。如果不是形式过于方板，拿来配合曲调，是最适宜不过的。沈约早就说过：“五色相宣，八音协畅，由乎玄黄律吕，各适物宜。欲使宫羽相变，低昂互节，若前有浮声，则后须切响。一简之内，音韵尽殊；两句之中，轻重悉异。”（《宋书》卷六十七《谢灵运传论》）唐人近体诗，就是运用这些原则建立起来的。而这些原则，应用到配合管弦的歌词上来，就可以解决许多问题，而使之吻合无间。我们看了唐人许多大曲，都是借用诗人的近体律、绝作为歌词，这消息是可以推测得到的。

一般所说的“词”，原来也就是沿着魏、晋以来乐府诗的道路，向前发展的。不过它所依的“声”——也就是它所用的调子，一般都出于隋、唐以来的燕乐杂曲：有教坊乐工和专家们的创作，如《安公子》为隋炀帝时乐工王令言的儿子所写，《雨霖铃》为唐明皇入蜀时悼念杨妃的创调；也有更早一些时候流传下来的，如《后庭花》出于陈后主（叔宝）宫廷，《兰陵王》出于北齐兰陵王高长恭的部队，但大部分却是民间的作品。我们看了敦煌发现的唐人写本《云谣集杂曲子》和其他小曲，就有长到八十四字的《凤归云》，七十七字的《洞仙歌》，这些都可证明，民间不仅不断地创作了许多新声曲调，同时也就有了他们自己的长短句歌词。群众的创造性，是会不断产生新东西的。即使世传李白写的《菩萨蛮》、《忆秦娥》或《清平乐令》不是后人伪造的，但看许多大诗人，自李白以下到韦应物、戴叔伦、王建、白居易、刘禹锡等，他们尝试填的词，也都是一些短短的小令，可见封建社会的士大夫阶级，总是落后于群众的。再看敦煌发现的琵琶谱，它所保存的《倾杯》、《西江月》等曲调，有的注上“慢曲子”或“急曲子”，又可证明慢词创自柳永的说法（宋翔凤《乐府馀论》），是毫无根据的。虽然北宋末年的叶梦得曾经说“教坊乐工，每得新腔，必求永为辞，始行于世”（《避暑录话》卷三），只可说明词所倚的“声”，到了宋教坊，又有了不少新创的调子，可供作者填词使用。这些新声，直到南宋时代，民间还在不断创作，一面和过去流传下来的混合起来，在民间普遍演唱。我们且看《刘知远诸宫调》所用的词牌，就有《回戈乐》、《应天长缠令》、《甘草子》、《六幺令》、《胜葫芦》、《瑶台月》、《墙头花》、《文序子》、《枕屏儿》、《定风波》、《抛球乐》、《锦缠道》、《愿成双》、《安公子缠令》、《柳青娘》、《酥枣儿》、《女冠子》、《应天长》、《快活年》、《玉抱肚》、《耍孩儿》、《牧羊关》、《醉落托》、《双声叠韵》、《麻婆子》、《沁园春》、《贺新郎》、《解红》、《木笪绥》、《哨遍》、《耍三台》、《出队子》、《拂霓裳》、《永遇乐》、《乔牌儿》、《一枝花》、《绣带儿》、《恋香衾》、《相思会》、《苏幕遮》、《恋香衾缠令》、《整花冠》、《绣裙儿》、《红罗袄》、《玉翼蝉》、《一斛义》、《踏阵马》、《伊州令》、《整乾坤》等四十九个曲子，而且注明宫调；除《耍孩儿》、《一枝花》等少数为后来北曲所常用外，几乎都是唐、五代、北宋人所常用的词牌。照这些在当时人民口里还活着的牌子曲来填的歌词，一般都把它划在词的范围内。但是我们把《刘知远诸宫调》内所有歌词，拿来和同一牌子的专家作品比较一下，它的句式长短和平仄四声的使用，都有很大出入。当然民间艺人不会像专家们一样具有深厚的文学修养，也不会死守那些清规戒律；但也可以看出这些曲调还活在人民口里的时候，是比较活泼自由的，经过文人不断加工，反而使它僵化了。

话虽如此，四声平仄的安排，在节奏上仍能发挥极大的作用。近体诗演化为词，词又演化为曲，既然都是照各个牌子的格式去填，要唱的人把字咬得准，而又不至于拗嗓，对一定的规矩，却是同样得遵守的。再看《永乐大典》卷一万三千九百九十一所载三种戏文，也多是用许多词牌连缀起来，歌唱一桩故事的。看它所用的《满庭芳》、《破阵子》等词牌，却又和一般词家的规矩，没有多大出入；不过单就古杭书会所编的《小孙屠》一剧来看，中间忽然用几支北曲《一枝花》、《雁儿落》、《得胜令》，忽然又用一支南曲《风入松》，像这样错综复杂的关系，一时很不容易搞得清楚。但一般的平仄安排，却是相当讲究的。

词所依的曲调，发展到了南宋，渐渐僵化了。但在福建泉州所传《南词四十四套》中，还保存着吴文英等所常用的《秋思耗》、《双姝媚》两个调子的歌词和节拍，可见词乐直到现在，有的还活在某些地方的古老剧种中，这是值得研究民族音乐的专家们好好去发掘、探讨的。

北宋首都汴梁，为新声创作的总汇。它一方面接受了隋、唐以来的音乐遗产，一方面又不断产生新的歌曲，这样促成词的发展，逐渐到了登峰造极的地步。靖康（钦宗年号）之难，开封残破已极，所有教坊乐谱和伎人都流散了。虽然有一部分转到临安（南宋首都杭州），促进了南宋词的发展，也有不少文人如姜夔、张枢等，另外搞一套自度腔，缀上音谱，给家伎们肄习，但已到了奄奄一息的地步。于是，词在声乐上的地位，就逐渐由南北曲取而代之了。

北宋初期，契丹族和党项族先后在东北和西北建立的辽和西夏王朝与宋王朝一直站在对立的地位。后来女真族（金）和蒙古族递占中国北部。由于长期的民族矛盾，汉民族的固有文化，在向北交流上受到了阻碍，于是北方的民间艺人又不断创作新的歌曲。这一部分新声，又和唐末、五代原来流传在北方的旧曲结合起来，加以灵活运用，就构成了北曲系统。南宋词的余波和温州一带的地方戏结合起来，又构成南曲系统。我们知道，北宋以前唱词的伴奏乐器属弦索类，以琵琶为主；南宋唱词的伴奏乐器则以管色为主。由于伴奏乐器的不同，所以声情有缓急，文字有疏密。后来演为诸宫调和戏文，大概也都沿着这两条道路发展。例如上面所举的《刘知远诸宫调》和金人董解元的《西厢记》，虽然所用的牌子，同样多是北宋以前旧曲，可是句式有变化，平仄更多出入。这正由于它用弦索伴奏，所以自由活动的余地也就跟着增多。由北宋词乐转化为北曲，由南宋词乐推进为南曲，这线索还是可以找得出来的。明人王世贞曾谈到南北曲的差别：

北主劲切雄丽，南主清峭柔远。北字多而调促，促处见筋；南字少而调缓，缓处见眼。北辞情少而声情多，南声情少而辞情多。北力在弦，南力在板。北宜和歌，南宜独奏。北气易粗，南气易弱。

王骥德《曲律》卷一《总论南北曲》引

这是从音乐性上去分别。同时还有北曲作家康海，也有类似的说法：

南词主激越，其变也为流丽；北曲主慷慨，其变也为朴实。惟朴实，故声有矩度而难借；惟流丽，故唱得婉转而易调。

《沜东乐府》序

这也是就曲调的风格上来分的。一般所谓“曲”的范围，也就是根据它所运用的曲牌来定的。要搞清楚这些曲牌的由来和规矩，必得检查李玄玉的《一笠庵北调广正谱》和沈自晋的《广辑词隐先生增定南九宫词谱》，或者清王朝所辑的《九宫大成曲谱》。这里面有许多沿袭词牌旧名，而面貌全非的；也有借用单调小令如《点绛唇》之类，而韵位略有变化的，都存在着某些不容割断的历史关系。

在歌词形式上，词和曲的差别：前者的押韵，是上、去二部同用，平声部和入声部各自单独作用；北曲没有入声，其余三声互叶；南曲有入声，而其他三声亦平仄互叶。这些都是显然不同之处。虽然平仄互叶，在词里业已开端，尤其是民间流行的词牌，不但四声通叶，而且句式也可以自由伸缩，仿佛曲里经常使用的衬字。这些都留待下编论法式时再讲，本章且先讲讲两者之间有它的历史关系和一些不同面目而已。

第二章　唐代民间词和诗人的尝试写作

词是随着曲调的流行而发展的。前面说过，到了唐玄宗开元年代，新音乐正在层出不穷，流行的曲调已经很丰富了。由于士大夫阶层的保守思想，推迟了新体歌词的向前迈进；但在当时的广大人民中间，这种新风气却早已打开，而且达到了相当繁荣的地步。敦煌钞本词的发现，是最好的证明。

敦煌是唐代对外贸易的交通孔道，商业相当发达，而且有大队的戍卒，更番从内地到那边去。所以这地方的文化事业，也有辉煌的成就。这只要去千佛洞看看那些壁画，就可以想象这地方的艺术传统是怎样的优秀而悠长的了。在瑞典人斯坦因等盗去的敦煌石室旧藏文物中，发现有唐写本《云谣集杂曲子》三十首，还有一些写在佛教经典或残存文件纸背的小曲。经过一些学者分别在法国巴黎图书馆和英国伦敦博物院钞集回来的，约有一百六十多首。这里面除了极少数是晚唐、五代人李晔（唐昭宗）、温庭筠、欧阳炯等人的作品外，其他都是出于无名氏之手。这些无名氏的作品，总是运用朴素的语言，很坦率地反映了一些社会面貌和人民群众的思想感情，有的可能是开元年代或更早一些的民间作品。且看《云谣集》中一些描述征妇怀念征夫的作品：

征夫数载，萍寄他邦。去便无消息，累换星霜。月下愁听砧杵起，塞雁行。孤眠鸾帐里，枉劳魂梦，夜夜飞扬。　　想君薄行，更不思量。谁为传书与，表妾衷肠？倚牖无言垂血泪，暗祝三光。万般无奈处，一炉香尽，又更添香。

《凤归云》

悲雁随阳，解引秋光。寒蛩响，夜夜堪伤。泪珠串滴，旋流枕上。无计恨征人，争向金风飘荡？　　捣衣嘹亮，懒寄回文先往。战袍待稳絮，重更熏香。殷勤凭驿使追访。愿四塞来朝明帝，令戍客休施流浪。

《洞仙歌》

风送征轩迢递，参差千里余。目断妆楼相忆苦，鱼雁山川鳞迹疏，和愁封去书。　　春色可堪孤枕，心焦梦断更初。早晚三边无事了，香被重眠比目鱼，双眉应自舒。

《破阵子》

这些词所反映的思想感情，和盛唐诗人王昌龄的《闺怨》："闺中少妇不知愁，春日凝妆上翠楼。忽见陌头杨柳色，悔教夫婿觅封侯。"王驾的《古意》："夫戍萧关妾在吴，西风吹妾妾忧夫。一行书信千行泪，寒到君边衣到无？"几乎没有什么两样。这些词说不定是唐玄宗时代的民间作品。还有《敦煌零拾》里所收的《望江南》：

天上月，遥望似一团银。夜久更阑风渐紧，为奴吹散月边云，照见负心人。

写得又清新，又真挚。第二句比唐诗人刘禹锡、白居易所写，多了一个字，也可以看出民间的作品，是要来得活泼自由些。还有一首《鹊踏枝》：

叵耐灵鹊多瞒语，送喜何曾有凭据？几度飞来活捉取，锁上金笼休共语。　比拟好心来送喜，谁知锁我在金笼里。愿他征夫早归来，腾身却放我向青云里。

描写一位少妇的微妙心理，对喜鹊忽儿恨它，忽儿又寄以殷切的希望，这感情是真实的，却用鹊儿的对话，表达出来，艺术手腕也到了自然纯熟的阶段。

在这一百多首的敦煌杂曲中，反映了各阶层的苦闷心情，写来都相当真朴。最多的是写征妇怨情，像《送征衣》：

今世共你如鱼水，是前世因缘。两情准拟过千年。转转计较难，教汝独自孤眠。　　每见庭前双飞燕，他家好自然！梦魂往往到君边。心穿石也穿，愁甚不团圆？

这结尾一转，表现了坚贞的爱情和乐观的心理，也不是一般文人所能设想到的。有的还抒写谋事不成，流落他乡的苦闷，如《菩萨蛮》：

自从涉远为游客，乡关迢递千山隔。求宦一无成，操劳不暂停。　　路逢寒食节，处处樱花发。携酒步金堤，望乡关双泪垂。

一个落魄文人，到了投靠无路的时候，典了冬衣，买了一瓶酒，独自跑向长堤，想借这消遣消遣，却是前路茫茫，欲归不得，这是何等凄凉的形象！结句多了一个字，也和《望江南》的第二句一样，显得比较灵活。

还有一种联章体，用同一词牌，重叠几次，来描写一桩故事或一段情景，好像宋人的鼓子词。例如《捣练子》咏孟姜女故事：

> 孟姜女，杞梁妻，一去燕山更不归。造得寒衣无人送，不免自家送征衣。
>
> 长城路，实难行，乳酪山下雪纷纷。吃酒只为隔饭病，愿身强健早还归。
>
> 堂前立，拜辞娘，不觉眼中泪千行。劝你耶娘少怅望，为吃他官家重衣粮。
>
> 辞父娘了入妻房，莫将生分向耶娘。君去前程但努力，不敢放慢向公婆。

这故事不够完整，而且后面两章是描述杞梁辞家前往筑城时的惜别情况，该放在孟姜女去送征衣之前。这类小唱，大概是唐代西陲戍卒随手抄下来，哼着以排遣苦闷的。首尾不全，也不足怪。

尽管这些小曲，不免还有粗糙的地方，可是所表达的都是劳动人民的真实感情，没有一些忸怩作态，这是士大夫们所望尘莫及的。可惜这些无名英雄的作品，一向不为统治阶级所重视，因而大部分都被埋没掉了！

谈到诗人们对这种新形式的尝试，有相传为李白作的《菩萨蛮》：

平林漠漠烟如织，寒山一带伤心碧。暝色入高楼，有人楼上愁。　　玉阶空伫立，宿鸟归飞急。何处是归程？长亭更短亭！

虽然多数学者认为有些靠不住，但看李白对古乐府的学习要比任何人努力，他是了解向群众歌曲吸取养料的重要性的。过去的民间歌曲都值得大诗人学习，偶尔采用几支眼前经常看到、听到的时兴调子，尝试填些歌词，也并不出乎情理之外。上章引的沈括《梦溪笔谈》也记录了一些李白填词的传说。我们不应把填词的创始者归功于李白，有如黄升所说：“《菩萨蛮》、《忆秦娥》二词，为百代词曲之祖。”（《唐宋诸贤绝妙词选》卷一）但绝对否定李白有填词的可能性，那也未免过于武断了。

关心广大人民生活的诗人，是比较易于接受产自民间的新兴事物的。作歌行“深重讽谏之意”（白居易语）的韦应物，和张籍同以乐府著称的王建，都留下了一些小词。如韦作《调笑令》：

河汉，河汉，晓挂秋城漫漫。愁人起望相思，江南塞北别离。离别，离别，河汉虽同路绝！

王作《调笑令》：

杨柳，杨柳，日暮白沙渡口。船头江水茫茫，商人少妇断肠。肠断，肠断，鹧鸪夜飞失伴。

前者反映了自开元以来用兵西陲所长期影响到的人民痛苦，后者反映了“安史之乱”以后商人行贩所间接影响到的妇女生活。这曲调宛转相应，也是民族的传统手法，为广大人民所喜闻乐见。

这种“倚声填词”的风气一开，诗人们也都大胆起来了。沈括所提起的王涯，可惜没有作品留下。晚年和白居易齐名的刘禹锡，在政治上失败之后，被贬朗州（今湖南常德）司马和夔州（今四川奉节）刺史。他在朗州和夔州时期，有机会和西南少数民族接触，因而对于他们的音乐歌舞，也发生了很大的兴趣。他那著名的《竹枝词》，就是为着结合“巴歈”（巴是古代西南少数民族之一，歈是民间歌曲的一种）来写的。可惜他还是用的句式整齐的七言绝句体，未必真正符合这种少数民族歌曲的节奏，风格却是大大地变了。由于刘禹锡有了这种向民歌学习的思想，所以他对当时流行的时调小曲，也就有意识地去尝试填词。他的《和乐天春词》，就注上“依《忆江南》曲拍为句”字样：

> 春去也！多谢洛城人。弱柳从风疑举袂，丛兰裛露似沾巾。独坐亦含颦。

这样解散五、七言律、绝的整齐形式，而又运用它的平仄安排，变化它的韵位，就为后来“倚声填词”家打开了无数法门，把文字上的音乐性和音乐曲调上的节奏紧密结合起来，促进了长短句歌词的发展。他还有两首《潇湘神》：

湘水流，湘水流，九疑云物至今愁。君问二妃何处所？零陵香草露中秋。

斑竹枝，斑竹枝，泪痕点点寄相思。楚客欲听瑶瑟怨，潇湘深夜月明时。

这大概用的是湖南人纪念虞舜两位妃子的“祀神之曲”。他借用虞舜为了到南方来视察人民的生活状况，死在苍梧（今湖南宁远的九疑山）之野，致使二妃流落潇、湘二水间的传说，暗寓他自己在政治上遭到失败而贬谪到湖南来的隐痛。这不是一般的怀古诗词的无病呻吟，是有丰富内容的。

由于意气相投，白居易也和刘禹锡一样，留下了几首小令。有三首是《忆江南》：

江南好，风景旧曾谙。日出江花红胜火，春来江水绿如蓝。能不忆江南？

江南忆，最忆是杭州。山寺月中寻桂子，郡亭枕上看潮头。何日更重游？

江南忆，其次忆吴宫。吴酒一杯春竹叶，吴娃双舞醉芙蓉。早晚复相逢。

他把这格式运用得很纯熟，可惜都是作者晚年对过去欢游的追忆，只可算是闲适诗的一体，比不上他那少年时代所写的讽喻诗，富有斗争性。如果他早就接受了这些民间形式，用来宣传他的政治思想，那效果就可能更大了。

单就艺术成就来讲，温庭筠要算长短句歌词发展史上一个主要角色。他生在晚唐那样一个衰乱时代，广大人民受到重重剥削，不得安生，阶级矛盾已经发展到了最尖锐的阶段，他却熟视无睹，只管过着他那“狂游狭邪”的放荡生活。这都由于他在少年时代受科举制度的毒害，“苦心砚席”，钻进诗赋的牛角尖里，又凭着他的才华，沾上了无行文人的恶习，结果既不能爬上统治地位，也和劳苦大众格格不入。这就注定了他的文学成就，不会有什么高度的思想性，而陷在唯美的形式主义的泥坑中，不能自拔。但另一方面由于他多和歌伎接触，又富有音乐天才，“能逐弦吹之音，为侧艳之词”（《旧唐书》列传卷一百四十下），所以他在这方面的创作特别多，单是留传到现在的，还有七十六首，如果他的《握兰集》和《金荃集》还存在的话，那就更是洋洋大观了。

据孙光宪的记载："宣宗（李忱）爱唱《菩萨蛮》词。令狐相国（绹）假其（庭筠）新撰密进之，戒令勿他泄，而遽言于人，由是疏之。"（《北梦琐言》卷四）由此可见温词的作风，是为了迎合贵族统治阶级的享乐心理来写的。他后来在西蜀王朝受到了特别的欢迎。赵崇祚辑的《花间集》就把他放在第一位，选录他的词竟达六十六首之多。由他造成的这股反现实主义的逆流，是应该受到批判的。温庭筠的《菩萨蛮》第一首：

小山重叠金明灭，鬓云欲度香腮雪。懒起画蛾眉，弄妆梳洗迟。　照花前后镜，花面交相映。新贴绣罗襦，双双金鹧鸪。

他用浓厚的彩色，刻画一个贵族少妇，从大清早起身，在太阳斜射进来的窗前，慢条斯理地理发、画眉、抹粉、涂脂，不断照着镜子，一面想着心事，最后梳妆好了，着上绣了成双小鸟的新衣，又顾影自怜起来，感到独处深闺的苦闷。他的手法，着实灵巧，而且把若干名词当了形容词用，如“云”字形容发多，“雪”字形容肤白，又用“欲度”二字将两种静态的东西贯串起来，就使读者感到这美人风韵栩栩如生。在这短短的四十四个字中，情景双融，神气毕现。词的艺术造诣是很高的，可惜所描写对象只是一个艳丽而娇弱的病态美人。他还有一首《梦江南》：

梳洗罢，独倚望江楼。过尽千帆皆不是，斜晖脉脉水悠悠。肠断白蘋洲。

用的色彩较淡，写出一个少妇想念归人的殷切心理，是为历来读者所共赏的。

此外，在刘、白之前，有张志和的《渔歌子》：

西塞山前白鹭飞，桃花流水鳜鱼肥。青箬笠，绿蓑衣，斜风细雨不须归。

写得异常潇洒，有他的特殊风格。

晚唐皇甫松，是一位不慕荣华的处士。《尊前集》里保留了他的六首《竹枝》，每首只十四字，加上“竹枝”、“女儿”的和声，兼用一些双关字眼，却是当时南方民歌的本色。录五首如下：

木棉花尽（竹枝）荔枝垂（女儿），千花万花（竹枝）待郎归（女儿）。

芙蓉并蒂（竹枝）一心连（女儿），花侵槅子（竹枝）眼应穿（女儿）。

筵中蜡烛（竹枝）泪珠红（女儿），合欢桃核（竹枝）两人同（女儿）。

斜江风起（竹枝）动横波（女儿），劈开莲子（竹枝）苦心多（女儿）。

山头桃花（竹枝）谷底杏（女儿），两花窈窕（竹枝）遥相映（女儿）。

这与刘禹锡的七绝体《竹枝》九首，在风格情调上，都是有所不同的。

总之，词到了晚唐，已是普遍发展起来了。可惜那些有才能的诗人，不肯向群众学习，改用这种新形式来反映现实，为人民说话，结果被温庭筠领到另外一条道路上去，造成了所谓花间派的一股歪风。这是词曲发展史上的一个重大遗憾。

第三章　令词在五代北宋间的发展

长短句歌词中的短调，一般叫做小令或令曲、令词。这“令”字的由来，大概是出于宴席间的酒令。唐、宋时，一般宴会，都有歌伎唱曲劝酒，尤其是在官场中，更为盛行。白居易就有“醉翻衫袖抛小令”（《就花枝》诗）的诗句。北宋刘攽在他的《中山诗话》中提到：“唐人饮酒，以令为罚……令人以丝管歌讴为令者，即白傅所谓。”又范摅《云溪友议》记载裴諴和温岐（庭筠）的故事，说：“二人又为新添声《杨柳枝》词，饮筵竞唱其词而打令。”（详见《词学季刊》三卷二号夏承焘《令词出于酒令考》）因为歌伎们所唱的小曲，是当时社会上普遍流行的调子，一般文人都听得烂熟，一时高兴，就随口照着它的节拍，另作新词，交给歌伎演唱，从而促进了这种新形式的发展。宋末陈元靓《事林广记》癸集卷十二还记录了这“打令”的方式，并附令词四首。例如《卜算子令》：

先取一枝花，然后行令，口唱其词，逐句指点，举动稍误，即行罚酒。后词准此。

我有一枝花（指自身，复指花），斟我些儿酒（指自，令斟酒）。唯愿花心似我心（指花，指自心头），几岁长相守（放下花枝，叉手）。　　满满泛金杯（指酒盏），重把花来嗅（把花以鼻嗅）。不愿花枝在我旁（把花向下座人），付与他人手（把花付下座人接去）。

又《浪淘沙令》：

今日玳筵中（指席上），酒侣相逢（指同饮人）。大家满满泛金钟（指众宾，指酒盏）。自起自斟还自饮（自起，自斟酒，举盏），一笑春风（止可一笑）。　　传语主人翁（执盏向主人），你且饶侬（指主人，指自身）。侬今沉醉眼矇眬（指自身，复拭目）。此酒可怜无伴饮（指酒），付与诸公（指酒，付邻座）。

这类玩意儿，自是文士们的拿手好戏。越玩得多，就越纯熟，久而久之，造成了风气，于是抒情、写景、讲故事，凡是五、七言体所能表现的东西，都可以改用这种新形式来写了。因为它篇幅小，容易凑合，把写惯了七言绝句的手法，变变花样，就成了。但是，要写得好，就得用最经济的笔墨，才能表达出丰富的内容。所以宋末词人张炎就说：

词之难于令曲，如诗之难于绝句，一句一字闲不得。末句最当留意，有有余不尽之意始佳。

《词源》卷下

这也说明了令词最易为诗人们所接受的原因。但一般讲词的人都“以长调为慢，短调为令”（江顺诒《词学集成》），却是错的。就音乐上讲，曲调只有急、慢之分，所以《唐书》和《宋史》的《乐志》中，都常说“急、慢诸曲”，把急曲子和慢曲子对举，并不以歌词的篇幅长短来决定。这长期的误解，是由于后世填词家不懂音乐，也不肯用心去研究所造成的。

这种短小的民间小曲，一经为文人们所采用，便在群众创作的基础上，给以声词配合上的加工，而使每一支小曲的歌词形式逐渐成为定型，就是不懂音乐节拍的人，也可以依样画葫芦，搞他们的创作。

由于唐末、五代之乱，北方许多商业都市和政治中心如长安、洛阳等地都残破不堪，人民救死不暇，哪还有闲情来欣赏这些文艺作品？在这长期战乱中，只有西蜀、南唐两个小王朝，保持着比较安定的局面，社会经济有了一些发展，出现了若干都市的繁荣。这两个王朝的统治者，各自割据一方，剥削人民来度着他们的豪奢生活。我们看了近年四川发掘出来的前蜀主王建墓，在他的棺材石座上，还有许多伎乐的浮雕，手里拿着各式各样的乐器，正在歌舞作乐。那时西蜀王朝的统治者是怎样的寄情歌酒，也就可想而知了。一时避乱入蜀的文人，把温庭筠的歌词种子带到了成都，恰巧迎合了这些贵族们的享乐心理。花间派词人尹鹗在他所写的《金浮图》词中，就这样描写着：

繁华地，王孙富贵。玳瑁筵开，下朝无事。压红茵，凤舞黄金翅。玉立纤腰，一片揭天歌吹，满目绮罗珠翠。和风淡荡，偷散沉檀气。　　堪判醉，韶光正媚。折尽牡丹，艳迷人意。金张许史应难比。贪恋欢娱，不觉金乌坠。还惜会难别易，金船更劝，勒住花骢辔。

《尊前集》

《花间集》中的作者，大多数是借温庭筠的种子，在这种绮靡生活中孕育出来的。

在赵崇祚编辑的《花间集》中，收集了温庭筠、皇甫松、韦庄、薛昭蕴、牛峤、张泌、毛文锡、牛希济、欧阳炯、和凝、顾夐、孙光宪、魏承班、鹿虔扆、阎选、尹鹗、毛熙震、李珣等十八人的作品。除温庭筠、皇甫松属晚唐，张泌属南唐，和凝属后晋，孙光宪属荆南外，其余都是蜀人。这一群作者，大部分受了温庭筠的影响，走上反现实主义的道路，而且有些作品偏于色情的描写，更是无聊。过去一般都把温、韦并称。但是韦庄经过乱离，饱尝了兵戈流转的苦痛，把粉泽都洗掉了。他的作品尽管局限在男女相思的小圈子内，却采用比较朴素的描写和接近口语化的语言。例如《荷叶杯》：

记得那年花下，深夜，初识谢娘时。水堂西面画帘垂，携手暗相期。　惆怅晓莺残月，相别，从此隔音尘。如今俱是异乡人，相见更无因！

又《女冠子》：

四月十七，正是去年今日，别君时。忍泪佯低面，含羞半敛眉。　　不知魂已断，空有梦相随。除却天边月，没人知。

这种平韵副以仄韵的形式，安排得很恰当自然，可以烘托出悠然不尽的情调，而使读者惘惘难以为怀，这也是表现手法之一。

花间派作者于借用曲调之外，不更有题，也就是沈括所说"咏其曲名，所以哀乐与声，尚相谐会"。由于他的对象，是为了要"递叶叶之花笺，文抽丽锦；举纤纤之玉指，拍按香檀"（欧阳炯《花间集序》），所以这一群作者所选用的调子，也多数是"香而弱"的靡靡之音。希望他们写出像范仲淹那样沉雄悲壮如"将军白发征夫泪"这一类的作品来，当然是不可能的。

历来作曲家能够直接向民歌学习的，他的作品就会富有生活气息而使读者感到满意。花间派作者中，除皇甫松外，只有欧阳炯和李珣，懂得这样去吸取民间的养料，来丰富自己的创作。例如欧阳炯的《南乡子》：

画舸停桡，槿花篱外竹横桥。水上游人沙上女，回顾，笑指芭蕉林里住。

岸远沙平，日斜归路晚霞明。孔雀自怜金翠尾，临水，认得行人惊不起。

李珣的《南乡子》：

乘彩舫，过莲塘，棹歌惊起睡鸳鸯。游女带香偎伴笑。争窈窕，竞折团荷遮晚照。

渔市散，渡船稀，越南云树望中微。行客待潮天欲暮。送春浦，愁听猩猩啼瘴雨。

相见处，晚晴天，刺桐花下越台前。暗里回眸深属意。遗双翠，骑象背人先过水。

都是写南方风土，民歌色彩相当浓厚，是值得注意的。

南唐建国江南，拥有今江苏、安徽、江西一带富庶的地方，保持了好几十年的偏安局面，农业和手工业都有了相当的发展，从而影响到文学、美术，都呈现分外的繁荣。中主李璟和后主李煜，都是很有文学修养的文人，尤其是李煜，对音乐、美术更有深厚的基础。虽然统治者的宫廷生活，往往把歌舞作为享乐的资料；但这两个小皇帝处在强敌压境之下，单靠卑辞厚币向后周和赵匡胤乞怜，在物质和精神上都感受到重大的压力，却也不像“此间乐，不思蜀”的阿斗一流人物。他们的心灵不断受到创伤，所以表现在歌词创作上，除了李煜早年有些绮靡作风，如“花明月暗笼轻雾”的《菩萨蛮》等作品外，大都写出了家国危亡的沉痛心情，尽管李煜所怀念不忘的只是他那“玉楼瑶殿”的宫廷生活，而遭受压迫，怀着敢怒不敢言的炽烈情感，运用千回百折的笔调表达出来，在艺术手法上是值得我们学习的。词家爱说南唐二主，确也不是偶然。且看李璟的《摊破浣溪沙》：

菡萏香销翠叶残，西风愁起绿波间。还与韶光共憔悴，不堪看。　细雨梦回鸡塞远，小楼吹彻玉笙寒。多少泪珠何限恨！倚阑干。

李煜的《浪淘沙》：

帘外雨潺潺，春意阑珊。罗衾不耐五更寒。梦里不知身是客，一晌贪欢。　　独自莫凭栏！无限江山，别时容易见时难。流水落花春去也，天上人间！

这里面何曾有一些花间派气息？李璟还表现了不禁风雨的弱者的哀鸣；李煜却是痛定思痛，忏悔着过去种种而产生愤怒的心情，感到丢了“无限江山”，不但是个人的痛苦了。王国维说：“词至李后主而眼界始大，感慨遂深。”（《人间词话》卷上）在令词发展史上，李煜的词确是到了登峰造极的地步。

南唐作者，还有冯延巳号称专家。他的作风，对北宋初期的影响很大。在题材上也不过是一些伤离念远的心情，而当日国势的阽危和统治阶级内部的倾轧，却也隐隐约约反映到冯延巳的作品中来。例如他的《鹊踏枝》：

萧索清秋珠泪坠。枕簟微凉，展转浑无寐。残酒欲醒中夜起，月明如练天如水。　　阶下寒声啼络纬。庭树金风，悄悄重门闭。可惜旧欢携手地，思量一夕成憔悴。

这里面是包含着忧生念乱的沉痛心情的。他也有接近民歌风格的作品，例如《长命女》：

春日宴，绿酒一杯歌一遍，再拜陈三愿：一愿郎君千岁，二愿妾身常健，三愿如同梁上燕，岁岁长相见。

像这样朴素的语言和清新的风格，是《花间集》中所没有的。还有些刻画细致的作品，能利用曲调的紧凑节拍，描写青年女子的心理变化。例如《谒金门》：

风乍起，吹皱一池春水。闲引鸳鸯香径里，手挼红杏蕊。　斗鸭阑干独倚，碧玉搔头斜坠。终日望君君不至，举头闻鹊喜。

这种曲折细致的描写，只有汤显祖《牡丹亭还魂记》中的《游园》、《惊梦》两折，有些相像。手法是每句押韵，层层转折，而又借眼前景物，把微妙心理烘托出来。冯氏《阳春集》中，有很多和《花间集》及《六一词》相混的作品，这可看到它们确有相似的地方；但把冯延巳也归入花间一派，却是不大适当的。

北宋词在张先、柳永未兴之前，一般文士，也只爱写些小令。他们都是承接南唐的系统，从而发展起来的。赵匡胤夺取后周的皇位，建都汴梁（今河南开封），把各割据王朝的乐艺伎人都集中到这首都所在地。据《宋史》卷一百四十二《乐志》十七："宋初置教坊，得江南乐，已汰其坐部不用。自后因旧曲创新声，转加流丽。"从这几句话中，可以看出北宋初期的音乐是接受南唐系统；而江南乐又多是隋、唐以来燕乐杂曲的遗制，唐坐伎部盛行琵琶曲。南唐后主之周后也是一位琵琶能手。她曾用琵琶按谱，整理《霓裳羽衣曲》，加以创造性的改编。马令《南唐书》卷六《女宪传》第一说到她所整编的曲调，"繁手新音，清越可听"。这曲谱当然也会随着李煜的被俘而转到汴梁，为北宋教坊乐打下基础。《宋史》所云"汰其坐部不用"，我疑心在江南乐中原已杂入江南丝竹，不是全用琵琶；这些乐工一到汴梁，便采用它那有新的成分的一部分，而去掉纯用唐燕乐的琵琶曲。所谓"因旧曲创新声，转加流丽"，恰为柳永《乐章集》中许多长调慢词的创作准备条件，而把宋词的发展，推向另一高峰。在士大夫间，习惯了南唐以来所常用的小令曲调；加之一时作者如晏殊、欧阳修等都是江西人，而江西为南唐旧属，在文艺风气上，自然容易受到它的影响。所以刘攽说过："晏元献（殊）尤喜江南冯延巳歌词，其所自作，亦不减延巳。"（《贡父诗话》）大政治家王安石也曾劝黄庭坚看李后主词（见《苕溪渔隐丛话》前集卷五十九引《雪浪斋日记》）。这都可以看到，在北宋初期，南唐词风的影响是何等的巨大！

北宋令词作家，一般推重晏殊、晏几道父子和欧阳修。虽然他们的作风都不免脱离现实，而只是为了少数人的娱宾遣兴，缺乏真实的内容；但一般的表现手法，却到了炉火纯青的地步。

晏几道是晏殊的小儿子。他生长在大官僚的家庭，却看不起那些官场中人物，不把他父亲门下的达官贵人们放在眼里，宁愿和两个不很知名的朋友陈君龙、沈廉叔过着喝喝酒、填填词的生活。我们看了黄庭坚写的《小山词序》，可以想见晏几道这个人颇富叛逆性，与大观园里的贾宝玉是有几分相像的。他看不惯那些达官贵人们的炎凉世故和种种丑态，而又限于阶级出身，不能够深入下层，接近民众，写出反映广大人民生活和愿望的作品；他只凭自己一副硬骨头，写他的“狂篇醉句”（《小山词》自序），用来“析酲解愠”。他对人情的刻画，是入木三分的。例如《阮郎归》：

旧香残粉似当初，人情恨不如。一春犹有数行书，秋来书更疏。　衾凤冷，枕鸳孤，愁肠待酒舒。梦魂纵有也成虚，那堪和梦无！

又如《生查子》：

坠雨已辞云，流水难归浦。遗恨几时休？心抵秋莲苦。　　忍泪不能歌，试托哀弦语。弦语愿相逢，知有相逢否？

《思远人》：

红叶黄花秋意晚，千里念行客。飞云过尽，归鸿无信，何处寄书得？　　泪弹不尽临窗滴，就砚旋研墨。渐写到别来，此情深处，红笺为无色！

这对封建社会中妇女们的苦痛，描写得十分真切。在《小山词》的整个集子中，他对妇女都是表示同情和尊重的，与花间派作者完全是两种态度。这就是《小山词》所以特别值得重视的地方。

小令发展到了小晏，就

没有百尺竿头更进一步的专家了。由此以后的作者，都兼写长调慢曲，风格视各人的思想环境而有所不同，只好留待下面论苏、辛词派和周、姜词派各章中再讲了。

第四章　论唐宋大曲和转踏

大曲就是整套的舞曲，唐人又叫做大遍。元稹《连昌宫词》就有“逡巡大遍《凉州》彻”的说法。据沈括说：“所谓大遍者，有序、引、歌、䤨、嗺、哨、催、攧、衮、破、行、中腔、踏歌之类，凡数十解，每解有数叠者。裁截用之，则谓之摘遍。今人大曲，皆是裁用，悉非大遍也。”（《梦溪笔谈》卷五《乐律》一）又王灼说：“凡大曲有散序、靸、排遍、攧、正攧、入破、虚催、实催、衮、遍、歇指、杀衮，始成一曲，此谓大遍。”（《碧鸡漫志》卷三）像这序、引、歌、䤨、嗺、哨等都是音乐上的术语，现在很难全部了解它的意义。白居易在《霓裳羽衣歌》里，有这样一些自注：“凡法曲之初，众乐不齐，唯金、石、丝、竹次第发声。《霓裳》序初，亦复如此。”又：“散序六遍无拍，故不舞也。”又：“中序始有拍，亦名拍序。”又：“《霓裳》破凡十二遍而终。”又：“凡曲将毕，皆声拍促速；唯《霓裳》之末，长引一声也。”这都可以作为我们探讨唐大曲体制的宝贵资料。

至于大曲的名称，却是由来已久。沈约《宋书》卷十一《乐志》三，于清商三调歌诗后，列有大曲《东门行》、《折杨柳行》、《艳歌罗敷行》、《西门行》、《折杨柳行》、《煌煌京洛行》、《艳歌何尝》、《步出夏门行》、《艳歌何尝行》、《野田黄雀行》、《满歌行》、《步出夏门行》、《棹歌行》、《雁门太守行》、《白头吟》（与《棹歌》同调）、《明月》等十六曲，每曲自二解至八解不等。这些清乐里面，虽然也有抒情、纪事的各种不同，却已开辟了后来所谓套曲的先河；但与燕乐中的大曲必定是舞曲，是有本质上的区别的。举古词《东门行》一曲为例：

出东门，不顾归。来入门，怅欲悲。盎中无斗储，还视桁上无悬衣。（一解） 拔剑出门去，儿女牵衣啼。他家但愿富贵，贱妾与君共铺糜。（二解） 共铺糜。上用仓浪天故，下为黄口小儿。今时清廉，难犯教言，君复自爱莫为非。（三解） 今时清廉，难犯教言，君复自爱莫为非。行！吾去为迟。平慎行，望吾归。（四解）

这四段歌词，描述一对贫困夫妻的对话情况，反映出一个善良的小官吏在贪污成风的统治阶级的圈子里，受到欺侮压抑的苦痛心情，是具有现实主义精神的好作品。它用的是长短句式，已具唐、宋大曲和金、元套曲的雏形。

据王国维说："唐时雅乐、俗乐，均有大曲。"（《唐宋大曲考》）他引《唐六典》卷十四"协律郎"条注："大乐署掌教雅乐，大曲三十日成，小曲二十日；清乐，大曲六十日，大文曲三十日，小曲十日；燕乐：《西凉》、《龟兹》、《安国》、《天竺》、《疏勒》、《高昌》，大曲各三十日，次曲各二十日，小曲各十日。"这里所谓雅乐，当指庙堂所用，如《破阵乐》、《庆善乐》等缘饰周、汉古乐的舞曲；清乐就是沈约《宋书》所举清商三调（清调、平调、瑟调）的遗制；燕乐则多是来自少数民族的乐曲和应用"胡夷里巷之曲"创作的新声。在大曲中，又把隶属法曲部而不隶属教坊的叫做"法曲"。如《霓裳羽衣》是十二遍的大曲，原本西凉节度使杨敬述从边地采进的《婆罗门》舞曲，经过唐玄宗加工润饰，隶入法部，就把它归入法曲一类。唐代盛行的大曲，实际多是从西域进来的舞曲，如《凉州》（一作《梁州》）、《剑器》、《伊州》、《胡渭州》、《六幺》、《熙州》、《柘枝》等都是。这些大曲的舞蹈动作，据陈旸说："优伶常舞大曲，唯一工独进，但以手袖为容，踏足为节。其妙串者，虽风骞鸟旋，不逾其速矣。然大曲前缓叠不舞，至入破则羯鼓、襄鼓、大鼓与丝竹合作，句拍益急，舞者入场，投节制容，故有催拍、歇拍，姿制俯仰，变态百出。"（《乐书》卷一百八十五）这些舞蹈动作的变化，唐、宋诗人也有很多描写。如白居易的《霓裳羽衣歌》："虹裳霞帔步摇冠，钿璎累累佩珊珊。娉婷似不任罗绮，顾听乐悬行复止。磬箫筝笛递相搀，击擫弹吹声逦迤。散序六奏未动衣，阳台宿云慵不飞。中序擘騞初入拍，秋竹竿裂春冰坼。飘然转旋（去声）回雪轻，嫣然纵送游龙惊。《小垂手》后柳无力，斜曳裾时云欲生。烟蛾敛略不胜态，风袖低昂如有情。上元点鬟招萼绿，王母挥袂别飞琼。繁音急节十二遍，跳珠撼玉何铿铮！翔鸾舞了却收翅，唳鹤曲终长引声。"这是刻画《霓裳羽衣歌》的舞态。他还有形容《柘枝舞》的诗句："带垂钿胯花腰重，帽转金铃雪面回。"（《柘枝伎》）这些大曲，在演奏时本来需要很大的场面，但也可由一两个舞伎随时表演，大概是可以节取其中的若干遍来演出的。

北宋时，这些唐燕乐舞曲，还很流行。在欧阳修的《玉楼春》词中，也有"贪看六幺花十八"的句子。（据《碧鸡漫志》记述，《六幺》"曲内一叠名《花十八》，前后十八拍，又四花拍，共二十二拍”）晏殊的《玉楼春》词又说“重头歌韵响琤琮，入破舞腰红乱旋”（《珠玉词》），于形容舞态外，兼及歌韵和伴奏音乐，可见这些舞曲，也有歌词。王灼曾经说过：“后世就大曲制词者，类从简省，而管弦家又不肯从首至尾吹弹，甚者学不能尽。”又说：“凡大曲，就本宫调制引、序、慢、近、令，盖度曲者常态。”（《碧鸡漫志》卷三）前一段话，说明大曲歌词所以创作和流传绝少的原因；后一段话，说明整套大曲，也可以把一两段抽出来，就其音节的急慢，单独配上歌词来演唱。

唐大曲常采当时诗家的创作，割取四句，配入曲中，掺杂一些虚声，以求吻合音拍。这在第一章内，已经谈过了。至于改用长短句式作为整套大曲歌词的，现在找不出唐、五代人的作品。也许民间或乐工们会有的，因文词不够“雅”，没被保存下来。宋人作品则有《道宫薄媚》十遍，董颖用作《西子词》；《水调歌头》七遍，曾布用来咏冯燕事。此外又有《采莲》大曲的《寿卿词》八遍及相传为无锡南禅寺所请“巫山神女”写的《惜奴娇》大曲九遍（《唐宋大曲考》引洪迈《夷坚志》）。这四套大曲中，前两套是用来歌唱历史故事和当时豪侠的，和诸宫调的内容有些近似，也是后来戏曲文学和说唱文学的先声。

董颖为北宋末期的穷愁潦倒的诗人，跟江西诗派作家韩驹、徐俯都有来往。他的《道宫薄媚》大曲，曾慥把它收在《乐府雅词》的上卷，排在“转踏”之后、“雅词”之前，大概在南宋时，还有人演唱。全录如下：

薄媚　西子词

排遍第八

怒潮卷雪，巍岫布云，越襟吴带如斯。有客经游，月伴风随。值盛世，观此江山美。合放怀、何事却兴悲？不为回头，旧谷天涯。为想前君事。越王嫁祸献西施，吴即中深机。　阖庐死，有遗誓，勾践必诛夷。吴未干戈出境，仓卒越兵，投怒夫差，鼎沸鲸鲵。越遭劲敌，可怜无计脱重围。归路茫然，城郭丘墟，飘泊稽山里。旅魂暗逐战尘飞，天日惨无辉。

排遍第九

自笑平生，英气凌云，凛然万里宣威。那知此际，熊虎途穷，来伴麋鹿卑栖。既甘臣妾，犹不许，何为计？争若都燔宝器，尽诛吾妻子，径将死战决雄雌。天意恐怜之。　偶闻太宰（伯嚭），正擅权，贪赂市恩私。因将宝玩献诚，虽脱霜戈，石室囚系。忧嗟又经时，恨不如巢燕自由归。残月朦胧，寒雨萧萧，有血都成泪。备尝险厄返邦畿，冤愤刻肝脾。

第十攧

种（文种）陈谋，谓吴兵正炽，越勇难施。破吴策，惟妖姬。有倾城妙丽，名称西子，岁方笄。算夫差惑此，须致颠危。范蠡微行，珠贝为香饵，苎萝不钓钓深闺。吞饵果殊姿。　　素肌纤弱，不胜罗绮。鸾镜畔、粉面淡匀，梨花一朵琼壶里。嫣然意态娇春，寸眸剪水，斜鬟松翠。人无双、宜名动君王，绣履容易，来登玉陛。

入破第一

窣湘裙，摇汉珮，步步香风起。敛双蛾，论时事，兰心巧会君意。殊珍异宝，犹自朝臣未与。妾何人，被此隆恩，虽令效死，奉严旨。　　隐约龙姿忻悦，重把甘言说。辞俊雅，质娉婷，天教汝、众美兼备。闻吴重色，凭汝和亲，应为靖边陲。将别金门，俄挥粉泪，靓妆洗。

第二虚催

飞云驶香车，故国难回睇。芳心渐摇，迤逦吴都繁丽。忠臣子胥，预知道为邦祟。谏言先启，愿勿容其至。周亡褒姒，商倾妲己。　　吴王却嫌胥逆耳，才经眼、便深恩爱。东风暗绽娇蕊，彩鸾翻妒伊。得取次、于飞共戏。金屋看承，他宫尽废。

第三衮遍

华宴夕，灯摇醉。粉菡萏，笼蟾桂。扬翠袖，含风舞，轻妙处，惊鸿态。分明是，瑶台琼榭，阆苑蓬壶，景尽移此地。花绕仙步，莺随管吹。　　宝帐暖留春，百和馥郁融鸳被。银漏永，楚云浓，三竿日、犹褪霞衣。宿酲轻腕，嗅宫花，双带系合同心时。波下比目，深怜到底。

第四攧拍

耳盈丝竹，眼摇珠翠。迷乐事，宫闱内。争知，渐国势陵夷。奸臣献佞，转恣奢淫，天谴岁屡饥。从此，万姓离心解体。　　越遣使，阴窥虚实，早夜营边备。兵未动，子胥存，虽堪伐、尚畏忠义。斯人既戮，又且严兵，卷土赴黄池。观衅种、蠡，方云可矣。

第五衮遍

机有神，征鼙一鼓，万马襟喉地。庭喋血，诛留守，怜屈服，敛兵还，危如此。当除祸本，重结人心，争奈竟荒迷。战骨方埋，灵旗又指。　　势连败，柔荑携泣，不忍相抛弃。身在兮，心先死。宵奔兮，兵已前围。谋穷计尽，唳鹤啼猿，闻处分外悲。丹穴纵近，谁容再归？

第六歇拍

哀诚屡吐，甬东分赐。垂暮日，置荒隅，心知愧，宝锷红委。鸾存凤去，辜负恩怜，情不似虞姬。尚望论功，荣还故里。　　降令曰：“吴亡赦汝，越与吴何异？吴正怨，越方疑。从公论、合去妖类。”蛾眉宛转，竟殒鲛绡，香骨委尘泥。渺渺姑苏，荒芜鹿戏。

第七煞衮

王公子，青春更才美。风流慕连理。耶溪（若耶溪，在绍兴）一日，悠悠回首凝思。云鬟烟鬓，玉佩霞裾，依约露妍姿。送目惊喜，俄迂玉趾。　　同仙骑，洞府归去，帘栊窈窕戏鱼水。正一点犀通，遽别恨何已！媚魄千载，教人属意。况当时，金殿里。

作者把吴、越兴亡故事，置重心于西施，连带两国君臣，一气贯串，作成一套相当完整的歌剧。全剧都用“支”、“思”部韵脚，四声通叶，为金、元套曲开辟道路。这种形式，对诸宫调和杂剧的发展以及说唱文学，都具有交互影响的复杂关系，是值得十分重视的。

大曲之外，还有一种比较简单的文学形式：有的连歌带舞，有的连说带唱，叫做“转踏”。它是连用同一词牌组成，或分咏性质略同的几桩故事，或单独表演一桩故事，把故事情节，从头到尾，很完整地描画出来。曾氏《乐府雅词》卷首即录无名氏《调笑集句》八曲，分《巫山》、《桃源》、《洛浦》、《明妃》、《班女》、《文君》、《吴娘》、《琵琶》等八题，次录郑仅《调笑转踏》十二曲，晁补之《调笑》七曲，题材大致相同。它的定式是：开头有骈文致语，煞尾有七言四句放队诗；每一曲前都有平、仄换韵诗八句。大致曲词是弹唱的，其余都用朗诵。无名氏放队诗中有“唤起佳人舞绣筵”的句子，郑仅的致语中有“女伴相将，调笑入队”的句子，该是一种女子歌舞队的小舞曲。兹录无名氏《琵琶》一曲为例：

〔诗〕十三学得琵琶成，翡翠帘开云母屏。暮去朝来颜色故，夜半月高弦索鸣。江水江花岂终极？上下花间声转急。此恨绵绵无绝期，江州司马青衫湿。

〔曲子〕衫湿，情何极！上下花间声转急。满船明月芦花白，秋水长天一色。芳年未老时难得，目断远空凝碧。

这“诗”和“曲子”的标题，是根据宋本秦观《淮海居士长短句》补上的。秦观也有《调笑令》转踏十曲，分咏王昭君、乐昌公主、崔徽、无双、灼灼、盼盼、莺莺、采莲、《烟中怨》、《离魂记》等十件故事。可见这种小型歌舞曲，在北宋时代的交际场中，是非常流行的。

这种转踏，格式都是一律的，又都采用《调笑令》的曲子；但遍数多少，却可自由处理。类似转踏而更简单自由的，又有一种鼓子词，同用一个曲牌，把类似的内容，一叠一叠地写下去，省却每一曲前的七言八句诗和煞尾的四句放队诗；只有开端的骈文致语，是和转踏相同的。它的曲调，可以自由选用，不拘一种。在欧阳修的"近体乐府"中，就有《采桑子》分咏颍州西湖游乐情况的鼓子词十首，《渔家傲》分咏十二月鼓子词十二首。这大概也是采用当时民间流行的小型歌舞曲的组织形式，与近代某些地方歌曲的花灯词和采茶调是很相像的。例如《渔家傲》：

> 七月新秋风露早，渚莲尚拆庭梧老。是处瓜华时节好，金尊倒，人间彩缕争祈巧。　　万叶敲声凉乍到，百虫啼晚烟如扫。箭漏初长天杳杳，人语悄，那堪夜雨催清晓！

由朗诵和歌唱结合的转踏形式，进一步演化成为说一段故事，接着唱一段的说唱文学，要算赵令畤的《商调蝶恋花》描述张生和莺莺的恋爱故事流传最广，影响戏曲文学和说唱文学也最大。我们只要看它十首都用同一曲牌，且讲述故事的开端，就有“奉劳歌伴，先听调格，后听芜词”；每一曲前也有“奉劳歌伴，再和前声”的话；它的格式还是接近转踏，与诸宫调的组织形式有所不同。虽然诸宫调也产生在赵令畤的同时，但赵令畤的《商调蝶恋花》是比较简单的另一种形式。这全套保留在令畤自著《侯鲭录》中。兹录三段如下：

〔说〕不数月，张生复游于蒲，舍于崔氏者又累月。张雅知崔氏善属文，求索再三，终不可见。虽待张之意甚厚，然未尝以词继之。异时，独夜操琴，愁弄凄恻。张窃听之，求之，则不复鼓矣。以是愈惑之。张生俄以文调及期，又当西去。临去之夕，崔恭貌怡声，徐谓张曰：“始乱之，今弃之，固其宜矣。愚不敢恨。必也君始之，君终之，君之惠也。则没身之誓，其有终矣。又何必深憾于此行？然而君既不怿，无以奉宁。君尝谓我善鼓琴，今且往矣。既达君此诚。”因命拂琴，鼓《霓裳羽衣序》，不数声，哀音怨乱，不复知其是曲也。左右皆欷歔。张亦遽止之。崔投琴拥面，泣下流涟，趣归郑所，遂不复至。奉劳歌伴，再和前声。

〔唱〕碧沼鸳鸯交颈舞。正恁双栖，又遣分飞去。洒翰赠言终不许，援琴诉尽奴衷素。　　曲未成声先怨慕。忍泪凝情，强作《霓裳序》。弹到离愁凄咽处，弦肠俱断梨花雨。

〔说〕诘旦，张生遂行。明年，文战不利，遂止于京。因贻书于崔，以广以意。崔氏缄报之词，粗载于此，曰："捧览来问，抚爱过深。儿女之情，悲喜交集。兼惠花胜一合、口脂五寸，致耀首膏唇之饰。虽荷多惠，谁复为容？睹物增怀，但积悲叹耳。伏承便于京中就业，于进修之道，固在便安。但恨鄙陋之人，永以遐弃。命也如此，知复何言！自去秋以来，尝忽忽如有所失。于喧哗之下，或勉为笑语。闲宵自处，无不泪零。乃至梦寐之间，亦多叙感咽离忧之思。绸缪缱绻，暂若寻常，幽会未终，惊魂已断。虽半衾如暖，而思之甚遥。一昨拜辞，倏逾旧岁。长安行乐之地，触绪牵情。何幸不忘幽微，眷念无斁。鄙薄之志，无以奉酬。至于始终之盟，则固不忒。鄙昔中表相因，或同宴处。婢仆见诱，遂致私诚。儿女之情，不能自固。君子有援琴之挑，鄙人无投梭之拒。及荐枕席，义盛恩深。愚幼之情，永谓终托。岂期既见君子，不能以礼定情，致有自献之羞，不复明侍巾栉。没身永恨，含叹何言！倘若仁人用心，俯鉴幽劣，虽死之日，犹生之年。如或达士略情，舍小从大，以先配为丑行，谓要盟为可欺，则当骨化形消，丹忱不泯，因风委露，犹托清尘。存殁之诚，言尽于此。临纸呜咽，情不能伸。千万珍重！”奉劳歌伴，再和前声。

〔唱〕别后相思心目乱。不谓芳音，忽寄南来雁。却写花笺和泪卷，细书方寸教伊看。　　独寐良宵无计遣。梦里依稀，暂若寻常见。幽会未终魂已断，半衾如暖人犹远。

〔说〕“玉环一枚，是儿婴年所弄，寄充君子下体之佩。玉取其坚洁不渝，环取其终始不绝。兼致彩丝一绚，文竹茶合碾子一枚。此数物不足见珍。意者欲君子如玉之洁，鄙志如环不解，泪痕在竹，愁绪萦丝。因物达诚，永以为好耳。心迩身遐，拜会无期。幽愤所钟，千里神合。千万珍重！春风多厉，强饭为佳。慎言自保，勿以鄙为深念也。”奉劳歌伴，再和前声。

〔唱〕尺素重重封锦字。未尽幽闺，别后心中事。佩玉彩丝文竹器，愿君一见知深意。　　环玉长圆丝万系。竹上斓斑，总是相思泪。物会见郎人永弃，心驰魂去神千里。

我们读了这几段有说有唱的缠绵悱恻的崔、张故事，深深感到在封建社会制度下，女性是怎样处在被压迫地位和怀着怕遭遗弃的沉痛心情。元稹的《会真记》，本来就是一本最好的短篇小说。赵氏再运用这种新形式，把情事始末，分段演出，它的感染力的增强，是可以想象得到的。

由于令曲形式比较简单，虽然按谱填词，易于掌握，究竟变化太少，不能满足听众的要求，因而把它联串起来，做成转踏，用来说唱故事，比整套大曲，轻而易举，所以在北宋时代，也颇流行。但是整个故事，全用一个曲调，对情节变化，很难恰如其分地表达出来，所以不久就有诸宫调代之而兴，转踏很快就消沉下去了。

第五章　慢曲盛行和柳永在歌词发展史上的地位

歌曲有急有慢，是跟着情感而变化的。在敦煌发现的唐写本琵琶谱中，标明急曲子的有《胡相问》一曲，标明慢曲子的有《西江月》、《心事子》二曲，标明慢曲子和急曲子交互使用的有《倾杯乐》、《伊州》二套。大概《倾杯乐》和《伊州》属于成套的大曲，所以一段慢调，一段急调，更番演唱。但《伊州》只急、慢各一段，似乎不是全套。据白居易《霓裳羽衣歌》的自注："凡曲将毕，皆声拍促速；唯《霓裳》之末，长引一声也。"那末，整套大曲，都以前慢、后急为准。至于一般杂曲，似乎急就是急，慢就是慢。《宋史》卷一百四十二《乐志》十七说，乾兴（公元1022年）以来，教坊所用的"急、慢诸曲几千数"。又说："民间作新声者甚众，而教坊不用。"这可看到北宋时代，由于晚唐、五代以来的混乱局面一旦得到统一，人民有了休养生息的机会，经济日趋繁荣，促进了歌曲的发展。加上北宋初期，有了教坊的设置，又陆续从荆南、西川、江南、太原等割据王朝，取得了二三百名技艺很高的乐工，集中首都所在地（今河南开封）的教坊里（见《宋史·乐志》十七）。他们的任务是“因旧曲造新声”，在唐代燕乐杂曲的基础上，进一步有所创作。这样与民间创作歌曲交互影响，开辟了宋词发展的广大园地。直到北宋末期，一般官伎和“瓦子”（歌伎所住的地方）里的歌女们，对令、慢曲和诸宫调各有专业。晏几道描写她们唱令词时的情态：“小令尊前见玉箫，银灯一曲太妖娆。”（《鹧鸪天》）这是北宋盛时的情况。再看北宋末期，如《水浒传》中所提到的，就有阎婆惜会唱诸般耍令（第廿回），张惜惜会唱慢曲儿（第廿四回），蒋门神在孟州新娶的那个人会唱说诸般宫调（第廿九回）。这可见慢曲到了北宋，是怎样的盛行。卖唱的歌女们只要学熟一行，就会被人们注目的。这风气一直传到元朝，歌女中以唱慢词著名的就有解语花、小娥秀、王玉梅、李芝仪、孔千金等，还有芙蓉秀善唱戏曲小令，赵真真、杨玉娥、秦玉莲、秦小莲等善唱诸宫调，至于以新兴的杂剧作为专业的就更多了（详见雪蓑渔隐《青楼集》）。这个继承传统和不断发展的历史关系，是很值得我们注意的。

把慢词作为专业，在创作方面，一般说是从柳永开始的。清宋翔凤说："词自南唐以后，但有小令。其慢词盖起宋仁宗朝，中原息兵，汴京繁庶，歌台舞席，竞赌新声。耆卿（柳永）失意无俚，流连坊曲，遂尽收俚俗语言，编入词中，以便伎人传习，一时动听，散播四方。其后东坡（苏轼）、少游（秦观）、山谷（黄庭坚）辈，相继有作，慢词遂盛。"（《乐府馀论》）他说慢词兴盛的原因，由于政局安定和经济繁荣的结果，那是不错的。至于慢词的创作，是跟着慢曲而来的；而曲子里有急有慢，却是由来已久。如果说长调就是慢曲，那么，《尊前集》中所收杜牧的《八六子》，尹鹗的《金浮图》、《秋夜月》，李珣的《中兴乐》，也都长到九十字左右，都出自晚唐、五代人之手；何况民间的作品，必然更多，不过它所用的都是"俚俗语言"，而又没有柳永那样的声名和技巧，因而在脱离音乐之后，就都失传了。

柳永所生的时代，是北宋王朝经济发展到最高峰的时代。他的那种风流才调，被民间作为说唱的题材，有如《清平山堂话本》中的《柳耆卿诗酒玩江楼记》，《元曲选》中的《钱大尹智宠谢天香杂剧》（关汉卿作）等，都是说的他的故事。大概他的出身是属于地主阶级，而一向过着都市生活的。他的词为了迎合小市民心理，博取歌伎们的资助，有些是很无聊的。因市井流行，一直传进宫廷内，连仁宗皇帝都知道他的名字。他曾在一首《鹤冲天》词中说："忍把浮名，换了浅斟低唱？"其实他并不是不想做官的。他曾去应进士试，但到放榜的那天，皇帝特地把他革掉，还说："此人风前月下，好去浅斟低唱，何用浮名？且填词去！"这样一来，他索性自称"奉旨填词"（见《能改斋漫录》卷十六），把填词当作流浪生活中的一种职业。他原名三变，后来改名，才得中进士，做了一个屯田员外郎的小官。他的一生，是非常潦倒的，却因此获得接近教坊乐工的机会，对这些新兴曲调，有了音律上的了解，作为他个人驰骋才情的场地。这样，就把慢词的局面打开了。由于他有深厚的文学素养，对付这些格律很严的长调，不论抒情写景，都能够运用自如。这就使一般学士文人对这些民间流行的曲调，不再存轻视心理，而乐于接受这种新形式，从它的基础上予以提高。如果不是柳永大开风气于前，说不定苏轼、辛弃疾这一派豪放作家，还只是在小令里面打圈子，找不出一片可以纵横驰骋的场地来呢！

苏轼原来是看不起柳永的，但读到《八声甘州》中的"渐霜风凄紧，关河冷落，残照当楼"等句子，也得赞叹一声："此语于诗句不减唐人高处。"（见《侯鲭录》卷七）柳永的慢词，常是运用大开大阖的笔调，而一气流转，曲折变化，艺术性是特别高的。且看他的《八声甘州》：

对潇潇暮雨洒江天，一番洗清秋。渐霜风凄紧，关河冷落，残照当楼。是处红衰翠减，苒苒物华休。唯有长江水，无语东流。　　不忍登高临远，望故乡渺邈，归思难收。叹年来踪迹，何事苦淹留？想佳人、妆楼颙望，误几回、天际识归舟？争知我、倚阑干处，正恁凝愁！

尽管他所描写的只是一种凄凉景象和伤离念远的感伤情绪，它的参差变化的结构和恢弘豪壮的格局，却为苏、辛一派的豪放之词打开了一条出路。他还善于运用巧妙的手法，把大自然的景物，刻画得像图画一般。例如《夜半乐》的前两段：

冻云黯淡天气，扁舟一叶，乘兴离江渚。渡万壑千岩，越溪深处，怒涛渐息，樵风乍起。更闻商旅相呼，片帆高举，泛画鹢、翩翩过南浦。

望中酒旆闪闪，一簇烟村，数行霜树。残日下、渔人鸣榔归去。败荷零落，衰杨掩映，岸边两两三三，浣纱游女，避行客、含羞笑相语。

《凤归云》的前段：

向深秋，雨余爽气肃西郊。陌上夜阑，襟袖起凉飙。天末残星，流电未灭，闪闪隔林梢。又是晓鸡声断，阳乌光动，渐分山路迢迢。

《玉山枕》的前段：

骤雨新霁，荡原野，清如洗。断霞散彩，残阳倒影，天外云峰，数朵相倚。露荷烟芰满池塘，见次第、几番红翠。

像这一类的描写，在《乐章集》中是俯拾即是的。伟大祖国的广大人民，从来就有欣赏自然美的特性，所以在诗歌里面常把情景双融的作品作为最高的艺术，而为广大人民所喜闻乐见。这种手法，也影响到后来的杂剧、传奇和曲艺等。我们且看元人康进之《李逵负荆》杂剧，连梁山泊上的好汉李山儿，在那柳绿桃红的清明节日，还得唱出那样风流潇洒的词儿来：

〔仙吕点绛唇〕饮兴难酬，醉魂依旧，寻村酒。恰问罢王留。王留道：“兀那里人家有。”

〔混江龙〕可正是清明时候，却言风雨替花愁。和风渐起，暮雨初收。俺则见杨柳半藏沽酒市，桃花深映钓鱼舟。更和这碧粼粼春水波纹绉。有往来社燕，远近沙鸥。

〔醉中天〕俺这里雾锁着青山秀，烟罩定绿杨洲。他道是轻薄桃花逐水流，恰便是粉衬的这胭脂透。早来到这草桥店垂杨的渡口。待不吃呵，又被这酒旗儿将我来相迤逗。它，它，它舞东风在曲律竿头。

〔油葫芦〕往常时酒债寻常行处有，十欠着九。则你这杏花庄压尽他谢家楼。你与我便熟油般造下春醅酒，你与我花羔般煮下肥羊肉。一壁厢肉又熟，一壁厢酒正笃。抵多少锦封未拆香先透。我则待乘兴饮两三瓯。

这个手法，从外境的描写，撩拨起内心的活动，恰是继承着柳永的优秀传统来的。再看王实甫《西厢记》的第一折，描写张君瑞在观赏黄河时的情景：

〔油葫芦〕九曲风涛何处显？只除是此地偏。这河带齐梁，分秦晋，隘幽燕。雪浪拍长空，天际秋云卷。竹索缆浮桥，水上苍龙偃。东西溃九州，南北串百川。归舟紧不紧如何见？恰便似弩箭乍离弦。

像这样的描写，也与柳词“霜风凄紧，关河冷落，残照当楼”以及“天末残星，流电未灭，闪闪隔林梢”，有其血脉关联。

总括一句话，柳永在词的发展史上，从形式上讲，他有开拓疆土的勋劳，使后来豪放作家得着无限宽广的场地，以供驰骋；从技法上讲，他又善于刻画自然景象，使后来戏曲作家有所启发，惯于用外境描写烘托出内心活动。由于他的环境和时代局限，他的作品总的说来缺乏思想内容，只留下许多表现手法，值得作为借鉴而已。

第六章　宋词的两股潮流

一般词的批评家，爱把宋词分作豪放和婉约两派。前者以苏轼作为代表人物，后者以秦观作为代表人物。这种就风格上的分法，虽是出于明人张綖，但据南宋俞文豹《吹剑续录》的记载：

> 东坡在玉堂，有幕士善讴，因问："我词比柳词何如？"对曰："柳郎中词，只好十七八女孩儿，执红牙拍板，唱'杨柳外晓风残月'。学士词，须关西大汉，执铁板，唱'大江东去'。"公为之绝倒。

可见这个差别之说是由来已久的。但为什么会有这两种不同风格和流派呢？因两者写作的动机和作用各不相同，当然就会产生和他的内容相适应的不同风格。我们知道，词在宋代是配合着管弦来唱的，当然首先就得讲究协律，从而达到“音节谐婉”的地步。而且这种唱词，大多数流行于都市，为了迎合市民心理，就得偏于描摹男女恋慕和伤离念远的情感。当时这类作品，就是王世贞所说的“香而弱”（《艺苑卮言》）的一派。这一派的特点，就是一要音节和谐，二要情调软美。由于这两个条件的限制，就很难容纳丰富的内容和表达豪爽的气概，使作者只在音律和技巧上打圈子，陷身于泥淖而不能自拔。但这些作品的“语工而入律”（《避暑录话》卷三记当时赞美秦观词的话），在当时是最受歌者和听众欢迎的，所以一直成为所谓词的正宗。它的远源，是从花间一派来的。我们与其说它是婉约派，不如说它是正统派，而把以苏轼为首的豪放派称作革新派。

正统派的特征就是特别重视协律。从北宋的柳永、秦观、周邦彦以至南宋的姜夔、吴文英，虽然面目各有不同，而步趋却是一致的。

柳永以后，一般称秦七（观）、黄九（庭坚）为当代词首（见陈师道《后山诗话》）。秦词受柳永影响，曾被他的老师苏轼所讥评，至作为“山抹微云秦学士，露花倒影柳屯田”的对句（见《避暑录话》卷三），并且当面斥责他：“不意别后，公却学柳七作词！”（见《高斋诗话》）正因为秦词的和婉缠绵，所以能盛行于淮、楚（今苏北）一带。他的代表作如《满庭芳》：

山抹微云，天粘衰草，画角声断谯门。暂停征棹，聊共引离尊。多少蓬莱旧事，空回首、烟霭纷纷。斜阳外，寒鸦万点，流水绕孤村。　　销魂，当此际，香囊暗解，罗带轻分。漫赢得青楼，薄幸名存。此去何时见也？襟袖上、空惹啼痕。伤情处，高城望断，灯火已黄昏。

它所表现的只是一个风流才子的感伤情绪，没有什么值得称道的。但就它的描写手法看，他把一种凄黯的江天景色和难分难舍的离情巧妙地结合起来，在彼时彼地，确也有几分迷人的魅力。至于他在贬谪之后，就全变为凄厉之音。在封建社会制度下，士大夫的苦闷心情，除了运用这种含蓄的笔调，是没法发泄的。例如《阮郎归》：

湘天风雨破寒初，深沉庭院虚。丽谯吹罢《小单于》，迢迢清夜徂。　　乡梦断，旅魂孤，峥嵘岁又除。衡阳犹有雁传书，郴阳和雁无！

在开拓词的领域方面有功勋的，柳永以后，就得数到周邦彦。他出生于湖山秀丽的杭州，对文学有深厚的基础，又好音乐，能自度曲（见《宋史》卷四百四十四《文苑传》）。徽宗（赵佶）设大晟府，作为整理创作乐曲的机关，曾要他做提举官。他和音乐家万俟詠、田为等“讨论古音，审定古调……又复增演慢曲、引、近，或移宫换羽，为三犯、四犯之曲”（张炎《词源》卷下）。他的《清真集》有不少创调；也有宫廷中流传下来的古曲，如《兰陵王慢》的谱子，后来还流传到南方来（参考毛幵《樵隐笔录》）。近人王国维曾经说过：“读先生之词，于文字之外，须更味其音律。今其声虽亡，读其词者，犹觉拗怒之中，自饶和婉，曼声促节，繁会相宣，清浊抑扬，辘轳交往。”（《清真先生遗事》）周邦彦词值得我们借鉴的，这音律的运用要算首要部分。它那句法节奏，都是随着声情变化的。例如《兰陵王》：

柳阴直，烟里丝丝

弄碧。隋堤上，曾见几番，拂水飘绵送行色。登临望故国。谁识，京华倦客？长亭路，年去岁来，应折柔条过千尺。　　闲寻旧踪迹。又酒趁哀弦，灯照离席。梨花榆火催寒食。愁一箭风快，半篙波暖，回头迢递便数驿，望人在天北。　　凄恻，恨堆积。渐别浦萦回，津堠岑寂。斜阳冉冉春无极。念月榭携手，露桥闻笛。沉思前事，似梦里，泪暗滴。

又如《绕佛阁》：

暗尘四敛，楼观迥出，高映孤馆。清漏将短，厌闻夜久签声动书幔。　　桂华又满，闲步露草，偏爱幽远。花气清婉，望中迤逦城阴度河岸。　　倦客最萧索，醉倚斜桥穿柳线。还似汴堤虹梁横水面，看浪飐春灯，舟下如箭。此行重见。叹故友难逢，羁思空乱，两眉愁、向谁舒展？

且看他的四声安排和句式长短以及使用韵脚，都有很多变化。上一首三段各不相同，下一首则前两段全同而后一段自异。这两个曲调，有的句子特别长，有的运用许多偶句，全靠领格字负起转身换气的职责，使全局振奋起来，音节是异常激越的。前人称清真为“集大成”的作者（见周济《宋四家词选》序论）。单从音律和技巧上说，他的词有很多特点，是值得我们学习的。

自从金兵南侵，汴京沦陷之后，大晟遗谱和教坊伎人，都随着政治中心的转移而大部散失了。虽然民间艺人又有不断的创作，也有流落在北方的歌女，经过金、元的改朝换代，还能唱清真词的（见张炎《意难忘》词）；但从整个的发展情况来说，文人所写的歌词，是渐渐脱离音乐而自成其为“长短不葺”的新体诗了。南宋偏安杭州，不再有教坊的设置；只少数大官僚大地主家还养着歌女，习歌舞以资娱乐。例如退老石湖的范成大，就曾叫家伎学唱姜夔创作的《暗香》、《疏影》（见《白石道人歌曲》卷四）；南宋大将张俊的孙儿张镃也在海盐营有别墅，常叫“歌儿衍曲，务为新声”（见李日华《紫桃轩杂缀》卷三），形成所谓海盐腔，它的初起，正是为了少数人宴会亲朋，作为娱乐的。

姜夔原籍鄱阳，生长于湖北，成年以后，尝往来于金陵、扬州、合肥和吴兴、苏、杭之间。他自己既长于音律，五、七言诗和长短句词都写得很好。因为常去范、张两家做客，接触歌舞伎人的机会也就多了起来。这些大官僚地主家由于主人好尚风雅，而且自己也都能作诗、填词，从而他们家里所养歌伎所唱的，对文学艺术上的要求，必然趋向于典雅一路。姜夔恰是一个最适当的创作家。夔自称："予颇喜自制曲。初率意为长短句，然后协以律。"（《白石道人歌曲》卷四《长亭怨慢》小序）他的《夜过垂虹》绝句又有"自作新词韵最娇，小红低唱我吹箫"的句子。可见他所创作的新曲，是用管乐来伴奏的，和北宋词用弦索伴奏的有所不同。它的声情是比较清越的。现存白石自度曲十七支，每个字旁边都缀有音谱，是研究南宋词乐的唯一完整资料。近人把它译作工尺谱或五线谱者，已有多人。我这里只就它在文字上的音节和技法来讲。他的词虽没有多少反映当时民族矛盾和阶级矛盾的思想内容，却也不是什么靡靡之音。例如《扬州慢》：

淮左名都，竹西佳处，解鞍少驻初程。过春风十里，尽荠麦青青。自胡马、窥江去后，废池乔木，犹厌言兵。渐黄昏、清角吹寒，都在空城。　　杜郎俊赏，算而今、重到须惊。纵豆蔻词工，青楼梦好，难赋深情。二十四桥仍在，波心荡、冷月无声。念桥边、红药年年，知为谁生？

这词描写金兵南下后的扬州，是何等荒凉景象！后半阕借用杜牧的“十年一觉扬州梦”来反映都市繁华转眼成空，借以寄托金兵侵凌、故国丘墟的沉痛心情，不是对青楼薄幸的放荡生活有所留恋。

清初浙西词派极度尊崇姜夔，说“词莫善于姜夔，宗之者张辑、卢祖皋、史达祖、吴文英、蒋捷、王沂孙、张炎、周密、陈允平、张翥、杨基，皆具夔之一体”（朱彝尊《黑蝶斋词序》）。这是从他的风格和技法上来说的。我们现在对姜词的注意点，可以主要放在他的自度曲上。

在这所谓正统派中，虽然作者甚多，弥漫于赵宋一代，而且影响及于清末；但就协律方面来说，也只有柳永、周邦彦、姜夔三家发挥过一些创造性，为填词家开辟了不少田地，这一点是应该予以肯定的。

词的形式，虽然一样也可以反映社会现实，表达广大人民的思想感情，而且唐、五代时的民间作者已经这样利用过它，后来的诸宫调和戏文等也都运用过这些曲调来歌唱一些为群众所喜闻乐见的故事；然而所有诗人为什么不这样做，而仅仅局限在这小圈子内呢？过去我国的士大夫都是保守性很强的。他们以为文各有体，要反映现实，为广大人民说话，或者抒写个人悲壮感慨的思想感情，尽有元稹、白居易一派的新乐府和历来诗人用惯的五、七言古、近体诗，可供运用，而这个新兴入乐的长短句是只适宜描写男女恋慕和伤离念远之情的。这只要看看欧阳修写的诗和词，在内容和风格上两者都截然不同，这消息就不难猜透了。但一种新形式到了十分成熟的时候，就有人会打破清规戒律，给它拓大范围，革新内容。以苏轼为首的革新派，就是这样应运而兴的。

在苏轼之前，已有范仲淹的《渔家傲》：

塞下秋来风景异，衡阳雁去无留意。四面边声连角起。千嶂里，长烟落日孤城闭。　浊酒一杯家万里，燕然未勒归无计。羌管悠悠霜满地。人不寐，将军白发征夫泪。

王安石的《桂枝香》：

登临送目，正故国晚秋，天气初肃。千里澄江似练，翠峰如簇。征帆去棹残阳里，背西风、酒旗斜矗。彩舟云淡，星河鹭起，画图难足。　念往昔、繁华竞逐。叹门外楼头，悲恨相续。千古凭高对此，漫嗟荣辱。六朝旧事随流水，但寒烟衰草凝绿。至今商女，时时犹唱，《后庭》遗曲。

像这种悲壮豪迈的格调，是过去和当时流行的歌词中所没有的。

苏轼在过去文人中，具有豪迈直爽的性格和关怀民生的政治抱负。虽然他在政治路线上是属于代表大地主阶级的保守派，但他在实际政治生活中，也替人民做了不少好事，基本上是同情劳动人民的。由于他的豪迈性格，不惜冲破一切罗网，开径独行。他不满足于那种一味香软的歌词，而又感到这个新形式大有足供驰骋的余地，就毫无顾虑地把这小圈子的门限打开了。他从范仲淹、王安石初步踏出的道路，尽量向前发展，以自成其为一种“句读不葺”的新体格律诗（李清照对苏词的评语）。王灼说得好：“东坡先生非心醉于音律者，偶尔作歌，指出向上一路，新天下耳目，弄笔者始知自振。”（《碧鸡漫志》卷二）南宋胡寅也说：“眉山苏氏，一洗绮罗香泽之态，摆脱绸缪宛转之度，使人登高望远，举首高歌，而逸怀浩气，超然乎尘垢之外，于是花间为皂隶，而柳氏为舆台矣！”（《酒边词序》）这都是作者发挥创造性，敢于冲破罗网的结果。他所选用的曲调，都是比较适宜于抒写豪情的，如《水龙吟》、《念奴娇》、《贺新郎》、《满江红》、《永遇乐》、《八声甘州》之类。他单刀匹马，纵横驰突于纪律森严的行阵中，右折左旋，无不如志。这是东坡词的特点，为后来爱国词人辛弃疾开辟了广阔的道路。他的代表作，如题为“赤壁怀古”的《念奴娇》：

大江东去，浪淘尽、千古风流人物。故垒西边，人道是、三国周郎赤壁。乱石穿空，惊涛拍岸，卷起千堆雪。江山如画，一时多少豪杰。　遥想公瑾当年，小乔初嫁了，雄姿英发。羽扇纶巾，谈笑处、樯橹灰飞烟灭。故国神游，多情应笑我，早生华发。人间如梦，一尊还酹江月。

像这样轰轰烈烈的大战役，作者运用重点突出和环境烘托的手法，把它有声有色地描绘出来，一直为当时及后来读者所共传诵。他的襟怀坦荡，无往而不自得，也充分表现在他的小词中。例如《临江仙》：

夜饮东坡醒复醉，归

来仿佛三更。家童鼻息已雷鸣。敲门都不应，倚杖听江声。　　长恨此身非我有，何时忘却营营？夜阑风静縠纹平。小舟从此逝，江海寄余生。

这是他谪贬在黄州时的作品，写得何等洒脱！他也比较接近农民。且看他在做徐州太守时所作《浣溪沙》中对农村生活的描写：

旋抹红妆看使君，三三五五棘篱门。相排踏破茜罗裙。　　老幼扶携收麦社，乌鸢翔舞赛神村。道逢醉叟卧黄昏。　　麻叶层层檾叶光，谁家煮茧一村香？隔篱娇语络丝娘。　　垂白杖藜抬醉眼，捋青捣麨软饥肠。问言豆叶几时黄？

写出了农村中的熙攘景象以及他和农民接触时的情景。这种作品，是在东坡以前的词里所看不到的。

苏轼打破了词的清规戒律，不拘什么样的思想内容，都可以运用这种新形式表达出来。这就为长短句歌词注入了新生命，而为一般豪杰之士所共欢迎，使它在脱离音乐之后，仍能保持它的清新活泼姿态，活跃于我国文学园地中，起着激发爱国热情和鼓舞人心的作用。这一业绩的开创，是不能不首先归功于苏轼的。

与苏轼同时的黄庭坚、晁补之都是跟着苏轼走的。还有贺铸也受他们的影响，发挥豪迈作风。这样发展下来，恰当金兵南下，北宋王朝遭到颠覆，民族矛盾日益加深，于是若干爱国词人和民族英雄，将一腔热忱借这一文学形式尽情发泄。于是东坡一脉，由黄庭坚、晁补之、贺铸以至陈与义、叶梦得、朱敦儒、张孝祥、张元幹、陆游等人，绵延而下，以迄南、北宋之际而风发云涌，不可复遏。而岳飞的《满江红》，更是广大读者传诵不衰的。当时风气，填词趋向东坡一路，确是实际情形。不但宋人如此，金人如蔡松年等也都一脉相承，发挥这种豪迈作风。

这一派词人中，特别值得重视的是辛弃疾。他出生在早经沦陷的济南，在文学修养上早就接受了这种豪迈作风。他怀抱恢复失地的雄心，十八岁就参加耿京的农民起义军，劝耿京决策南向。二十三岁独自回到建康（今江苏南京），一直想大举北伐，以雪国耻。而满腔热血，不得有所发挥，悲愤之余，乃托于歌词，用来排遣胸中抑郁不平的气闷。他曾有一首追念少年时事的《鹧鸪天》：

壮岁旌旗拥万夫，锦襜突骑渡江初。燕兵夜娖银胡觮，汉箭朝飞金仆姑。　　追往事，叹今吾，春风不染白髭须。都将万字平戎策，换得东家种树书！

这烈士暮年的感慨，也概括了他的一生，音调沉雄，辞句简练，确不愧为一时的杰作。他的《稼轩长短句》，使人一气读下，真有“大声镗鞳，小声铿訇，横绝六合，扫空万古”（《后村大全集》卷九十八《辛稼轩集序》）的感觉。总的说来，大部分都是他的爱国主义思想的表现。可惜他的毕生壮志，被一班主和派所扼杀，从而表现在他的作品上，又多属沉郁悲壮的凄音。例如“淳熙己亥，自湖北漕移湖南”时所写的《摸鱼儿》：

更能消、几番风雨，匆匆春又归去。惜春长怕花开早，何况落红无数。春且住！见说道、天涯芳草无归路。怨春不语。算只有殷

勤，画檐蛛网，尽日惹飞絮。　　长门事，准拟佳期又误。蛾眉曾有人妒。千金纵买相如赋，脉脉此情谁诉？君莫舞！君不见、玉环飞燕皆尘土。闲愁最苦。休去倚危栏，斜阳正在，烟柳断肠处。

他把南宋偏安的危险局面和小朝廷中互相倾轧的内部矛盾，运用比兴手法，尽情表露出来，千回百折，而归结于国事的难以挽救。这和屈原的《离骚》是异曲同工的。

稼轩词的内容，是过去词家所不曾有的。内容决定形式，因而他所选用的调子，也就多属于格局开张和音响悲壮的一路，如《贺新郎》、《满江红》、《念奴娇》、《沁园春》等，都是他所最爱使用的。他在晚年饱经忧患之后，渐渐接受庄周的达观思想，也最爱读陶潜的田园诗。但他的爱国热忱，却始终压抑不下去。尽管他寄情山水，陶醉于农村生活，但梦寐不忘少年鞍马，一直抱着积极态度，到死方休。且看他的《清平乐·独宿博山王氏庵》：

绕床饥鼠，蝙蝠翻灯舞。屋上松风吹急雨，破纸窗间自语。　　平生塞北江南，归来华发苍颜。布被秋宵梦觉，眼前万里江山。

这胸次是何等壮阔！再看他的《沁园春·灵山齐庵赋，时筑偃湖未成》：

> 叠嶂西驰，万马回旋，众山欲东。正惊湍直下，跳珠倒溅；小桥横截，缺月初弓。老合投闲，天教多事，检校长身十万松。吾庐小，在龙蛇影外，风雨声中。　　争先见面重重，看爽气朝来三数峰。似谢家子弟，衣冠磊落；相如庭户，车骑雍容。我觉其间，雄深雅健，如对文章太史公。新堤路，问偃湖何日，烟水蒙蒙？

你看他把自然界的景物，当作战阵中的部队一样指挥运用，使人感到生气勃勃，波澜壮阔。这替后来所有豪杰之词，开辟了无穷的新天地。

辛弃疾政治失意后，长期闲居乡村，经常接触农民，熟悉农村生活。他对农民的深厚感情，时时流露在他的小词里面。例如他的两首《清平乐》：

> 柳边飞鞚，雾湿征衣重。宿鹭窥沙孤影动，应有鱼虾入梦。　　一川明月疏星，浣纱人影娉婷。笑背行人归

去，门前稚子啼声。

茅檐低小，溪上青青草。醉里吴音相媚好，白发谁家翁媪？　　大儿锄豆溪东，中儿正织鸡笼。最喜小儿无赖，溪头卧剥莲蓬。

这对农村生活的体会，是十分真实的，而且用的全是朴素的语言，何等亲切有味！

词，发展到了辛弃疾，完全成为一种新体的格律诗了。它渐渐和音乐脱离，而仍保持着它的音乐性。这样就使词的形式，长远作为英雄豪杰用以抒写热烈感情的特种工具，放射出无限的光芒。这开端于苏轼，而扩展于辛弃疾的伟大事业，是值得大书特书的。

与辛弃疾同时的作家，还有刘过、陈亮。宋末则刘克庄、刘辰翁、汪元量、文天祥等，在民族矛盾日益加深之际，也都能以沉雄激壮的作风，发扬民族正气，为历史生色。

第七章　论诸宫调

诸宫调是宋、金间广大人民所喜闻乐见的说唱文学。它是在变文和教坊大曲、杂曲的基础上，错综变化，从而发展起来的。

变文是从说唱佛教故事开始，运用韵文和散文交错组成。印度梵文经典，有偈颂，有长行，也就是韵文和散文更迭使用。后汉时，佛教传入中国；至魏曹植，创作一种特殊声调，所谓“以微妙音歌叹佛德”（《高僧传》卷十三），魏、晋以来一直普遍流行，叫做“梵呗”。晋代庐山释慧远，又创为“唱导”，借以“宣唱法理，开导众心”（同上）。这就为唐代变文开辟了道路。这种普及性的宗教宣传，唐代叫做“俗讲”。由于它得迎合听众心理，引起他们的兴趣，就把“或杂序因缘，或旁引譬喻”（同上），作为“唱导”或“俗讲”的一种手法。从“旁引譬喻”，把世俗间故事七扯八拉地讲给听众，那是很自然的事情。唐代有一位文溆和尚，就是惯于“公为聚众谈说，假托经论，所言无非淫秽鄙亵之事”（赵璘《因话录》卷四），借以博得市民们的欢迎。当然这种边说边唱的艺术形式，最初应该也是劳动人民创作出来的。不过它和佛教的宣传方式，大概也有其交互影响，那是可以断言的。

从唱导演为变文，再由变文分作两条道路发展：诸宫调以唱为主；话本则说的成分为多。在诸宫调未兴之前，教坊大曲和民间不断创作的杂曲，作为歌舞娱乐的主要形式。但大曲段数过多，每段如果只配上同一形式的歌词，唱来唱去，都是这一套，就不免叫听众发生厌倦。杂曲只适宜于单独抒情，不能够用来演唱一桩有头有尾的故事，也就难以满足广大听者的要求。诸宫调的作者为了弥补这些缺憾，于是把几支不同的曲牌组成一套，再由若干套合成一个故事的整本，恰好一套描述一段情节，换一个宫调就换一部韵脚。这比大曲的变化要多得多，而又不像元、明以来的散套和杂剧，整个的曲牌都得属于同一宫调，整套或整本都得用同部韵脚。它有它自己的规律，又有它的充分自由，确是一种很为特殊的文学形式，对后来的曲艺有着非常重大的影响。

用诸宫调说唱故事，一般说是孔三传所创。他生于北宋盛时，生活在繁华热闹的汴京，专力为瓦肆中人编撰传奇灵怪，入曲说唱（参考耐得翁《都城纪胜》和吴自牧《梦粱录》卷二十）。王灼也曾提到：“泽州（今山西晋城）孔三传者，首创诸宫调古传，士大夫皆能诵之。”（《碧鸡漫志》卷二）后来流传到杭州，为妇女们所爱唱。可惜他的作品，到现在只字无存了！

现存的诸宫调，只有《董解元西厢记》还是一个完整的本子。他一开卷就列举了当时民间流行的一些诸宫调。其间所提到的一些故事，也有见于元人石君宝的《诸宫调风月紫云亭》杂剧中的：

〔醉中天〕我唱到那双渐临川令，他便脑袋不嫌听。搔起那冯员外，便望空里助采声，把个苏妈妈便是上古贤人般敬。我正唱到不肯上贩茶船的小卿，向那岸边相刁蹬。俺这虔婆道，兀得不好拷末娘七代先灵。

〔赏花时〕也难奈何俺那六臂哪吒般狠柳青，我唱的那七国里庞涓也没这短命，则是个八怪洞里爱钱精。我若还更九番家厮并，他比的十恶罪尚犹轻。

这些话都出自以唱诸宫调为职业的女子韩楚芝之口，而且提到《三国志》和《五代史》，可见宋、元间的民间艺人，对诸宫调的编写和说唱，必然是盛极一时的。

宫调的名称，是从琵琶来的。宫乘十二律叫做宫，商、角、羽乘十二律叫做调。沈括说："琵琶共有八十四调。盖十二律各七均，乃成八十四调。"他又引唐开元时琵琶名手贺怀智的《琵琶谱》序："琵琶八十四调，内黄钟、太簇、林钟宫声弦中弹不出，须管色定弦。其余八十一调，皆以此三调为准，更不用管色定弦。"（《梦溪笔谈》卷六《乐律》二）元稹《琵琶歌》也有"琵琶宫调八十一，旋宫三调弹不出"（《元氏长庆集》卷廿六）的说法。至宋教坊所用，只正宫调、中吕宫、道宫调、南吕宫、仙吕宫、黄钟宫、越调、大石调、双调、小石调、歇指调、林钟商、中吕调、南吕调、仙吕调、黄钟羽、般涉调、正平调等十八宫调。其后歇指调并入双调，就只剩下十七宫调。元周德清说："大凡声音，各应于律吕，分于六宫、十一调，共计十七宫调。"它的名称和宋教坊所用小有出入。周氏又分别说明各个宫调的不同情调：

仙吕调清新绵邈	南吕宫感叹伤悲
中吕宫高下闪赚	黄钟宫富贵缠绵
正宫惆怅雄壮	道宫飘逸清幽
大石风流酝藉	小石旖旎妩媚
高平条畅滉漾	般涉拾掇坑堑

歇指急并虚歇　　商角悲伤宛转

双调健捷激袅　　商调凄怆怨慕

角调呜咽悠扬　　宫调典雅沉重

越调陶写冷笑

《中原音韵·正语作词起例》

诸宫调的作者把这些不同情调的曲牌，用来描写一个故事中错综变化的不同情节，当然要比大曲或转踏进步得多。《董西厢》又叫挡弹词，大概也是用琵琶作为伴奏乐器的。

近人吴则虞在他所写的《试谈诸宫调的几个问题》（《文学遗产增刊五辑》）中把诸宫调的发展，分作五个时期：

第一个时期　孔三传以前以至孔三传时期；

第二个时期　张五牛时期；

第三个时期《刘知远诸宫调》时期；

第四个时期《董西厢》时期；

第五个时期《天宝遗事诸宫调》时期。

这前两个时期，完全是从一些记载上推测的。张五牛为南宋初期的杭州艺人。据《青楼集》说："赵真真、杨玉娥善唱诸宫调。杨立斋见其讴张五牛、商正叔所编《双渐小卿》，因作《鹧鸪天》、《哨遍》、《耍孩儿煞》以咏之。"《鹧鸪天》的后半阕说起："啼玉靥，咽冰弦，五牛身去更无传。词人老笔佳人口，再唤春风在眼前。"这可见张五牛确是一位诸宫调的著名作者。他还创作了所谓"赚词"。耐得翁《都城纪胜》说："中兴后，张五牛大夫因听动鼓板中又有四太平令或赚鼓板，遂撰为赚。赚者，误赚之义也。令人正堪美听，不觉已至尾声。"《董西厢》使用赚词很多，而《刘知远诸宫调》却不见赚，可见《董西厢》曾受张五牛影响，而《刘知远诸宫调》或出于南宋以前。吴氏把它列在第三期，是不很妥当的。

《刘知远诸宫调》的发现，是1907年到1908年间的事。那时有俄国柯智洛夫探险队在我国新疆的古代黑水城发掘出一些文物，而《刘知远诸宫调》恰在其中。后来藏入列宁格勒东方研究所。郑振铎在北京得到照片，又有向达的抄本，从而写成《宋金元诸宫调考》。这沉埋已久的《刘知远诸宫调》才引起文学史家的莫大注意。1958年4月，原刊本还归我国，现藏在北京图书馆的善本书库。这说唱本所描写的是五代时后汉高祖刘知远和李三娘的故事。刘知远由一个流浪的雇工，做了小地主李家的赘婿。他受尽两个妻舅的欺侮和迫害，只得去到太原投军，终于得到节度使女儿的赏识，又做了岳家的女婿，从而飞黄腾达起来。他的原配李三娘，长久住在娘家，忍受兄、嫂们的磨折，在磨房里生下一个儿子，叫做咬脐郎。这孩儿由邻居抱送太原，最后接了三娘同去，成了团圆的结局。后来演化为无名氏的《白兔记》，为所谓“荆、刘、拜、杀”四大传奇之一，长期在舞台上演出，可见这故事在民间是怎样地被重视！

《刘知远诸宫调》原有十二本，现只存“知远走慕家庄沙陀村入舍第一”、“知远别三娘太原投事第二”、“知远探三娘与洪义厮打第十一”、“君臣弟兄子母夫妇团圆第十二”等四本和“知远充军三娘剪发生少主第三”的两片残页，而且第十一本也缺了头三页，这是十分可惜的。

这说唱本所用的曲调，大部分是宋词人惯用的牌子，不过句读和韵脚有不少出入。它所用的词汇，也多由口语提炼而成，显然具有民间文学的朴素风格。这可见，宋、金间用词的形式来演给广大人民欣赏，与士大夫的好尚是有所不同的。且看它描写知远在将往投军前所受磨难：

〔般涉调〕〔麻婆子〕洪义自约末，天色二更过。皓月如秋水，款款地进两脚。调下个折针也闻声，牛栏儿傍里遂小坐。侧耳听沉久，心中畅欢乐。　记得村酒务，将人恁折挫。入舍为女婿，俺爷爷护向着。到此残生看怎脱？熟睡鼻气似雷作。去了俺眼中钉，从今后，好快活！

〔尾〕团苞用，草苫着，欲要烧毁全小可，堵定个门儿放着火。

论四夫心肠狠，庞涓不是毒。说这汉意乖讹，黄巢真佛行。哀哉未遇官家，性命亡于火内。

〔商角〕〔定风波〕熟睡不省悟，鼻气若山前哮吼猛虎。三娘又怎知，与儿夫何日相遇？不是假，也非干是梦里，索命归泉路。　　当此李洪义，遂侧耳听沉，两回三度。知远怎逃命？早点火烧着草屋。陌听得一声响，唬四夫急抬头觑。

〔尾〕星移斗转近三鼓，怎显得官家分福？没云雾平白下雨。

茹辛如光武之劳，脱难似晋王之圣。雨湿煞火，知远惊觉，方知洪义所为，亦不敢申诉。至次日，知远引牛驴拽拖车，三教庙左右做生活。到日午，暂于庙中困歇熟睡。须臾，众村老携笻避暑，其中有三翁。

〔般涉调〕〔沁园春〕拴了牛驴，不问拖车，上得庙阶。为终朝每日多辛苦，扑番身起，权时歇侍。旁里三翁，守定知远，两个眉头不展开。堪伤处，便是荆山美玉，泥土里沉埋。　　老儿正是哀哉，忽听得长空发迅雷。听惊天霹雳，眼前电闪，唬人魂魄，幽幽不在。陌地观占，抬头仰视，这雨多应必煞乖。伤苗稼，荒荒是处，饥馑成灾。

〔尾〕行雨底龙，必将鬼使差。布一天黑暗云霭霭，分明是拼着四坐海。

电光闪烁走金蛇，霹雳喧轰挝铁鼓。风势揭天，急雨如注。牛驴惊跳，拽断麻绳，走得不知所在。三翁唤觉知远，急赶牛驴，走得不见，至天晚不敢归庄。

〔高平调〕〔贺新郎〕知远听得道，好惊慌。别了三翁，急出祠堂。不顾泥污了牛皮帮，且向泊中寻访。一路里作念千场，那两个花驴养，着牛绳绑我在桑树上，少后敢打五十棒。　方今遭五代，值残唐。万姓失途，黎庶忧惶。豪杰显赫英雄旺，发迹男儿气刚。太原府文面做射粮。欲待去，却徊徨。非无决断，莫怪频来往，不是，难割舍李三娘。

见得天晚，不敢归庄。意欲私走太原投事，奈三娘情重，不能弃舍。于明月之下，去住无门，时时叹息。

刘知远在李家实在待不下去了，才决定辞别三娘，到太原投军去。作者把这故事运用各个不同的曲调歌唱出来，加上一条尾声，在每一情节后作个小结；接着又是一段简单的叙事，该是用有节奏的语言来说的。这就为后来的说唱文学打开了无限的法门，比赵令畤的《商调蝶恋花》鼓子词推进了一大步。看它所用的韵脚，把入声的“末”、“脚”、“乐”、“着”、“脱”、“作”、“活”等字与上、去声“过”、“坐”、“锉”等字同押，大概是出于北方民间艺人之手。据郑振铎说，它的版本，完全是金代（公元1115—1234年）刻本或稍后的蒙古刻本的式样，也可间接说明这是一部为北方广大人民所欢迎的作品，创作的地点该是北方，时间该在《董西厢》之前，这是可从多方面加以判断的。

《董西厢》是王实甫《西厢记》的前身。崔、张恋爱故事，由《会真记》发展到了《董西厢》，塑造了各种人物形象，刻画了各个角色的不同心理，把富于反抗性的红娘也很突出地活画出来了。它为王实甫《西厢记》以下的各种剧本和曲艺关于《拷红》一节，打下了基础。可惜这样一位伟大作家，除了陶宗仪的《辍耕录》提到他是金章宗时（公元1190—1208年）人之外，连名字都无法查考了。

董解元的艺术手法，只有随物赋形四字可以用来概括它。他的想象力的高强，组织力的雄伟，语言提炼的精警，文学修养的深厚，有的风流旖旎，有的壮阔豪迈，真有随步换形、引人入胜之感。只是他所使用的方言、俗语太多，时间隔得长远了，很难全部读通，这是读者所共引为缺憾的。

《董西厢》常是用很多个曲调组成一套，就比《刘知远诸宫调》来得复杂得多。且看他开篇的第二套就用了五个曲牌，才加上尾；在一套中都是押的同部的韵脚。这就为元杂剧每一折用同一宫调的曲牌，押同一韵部的韵脚，树立了规范。这一套虽是泛泛的描写，却也表现出作者的情趣：

〔般涉调〕〔哨遍〕〔断送引辞〕太皞司春，春工着意，和气生旸谷。十里芳菲，尽东风丝丝柳搓金缕。渐次第桃红杏浅，水绿山青，春涨生烟渚。九十日光阴能几？早鸣鸠呼妇，乳燕携雏。乱红满地任风吹，飞絮蒙空有谁主？春色三分，半入池塘，半随尘土。　　满地榆钱，算来难买春光住。初夏永，熏风池馆，有藤床冰簟纱幮。日转午，脱巾散发，沉李浮瓜，宝扇摇纨素。着甚消磨永日？有扫愁竹叶，侍寝青奴。霎时微雨送新凉，些少金风退残暑，韶华早暗中归去。

〔耍孩儿〕萧萧败叶辞芳树，切切寒蝉会絮。淅零零疏雨滴梧桐，听哑哑雁归南浦。澄澄水印千江月，淅淅风筛一岸蒲。穷秋尽，千林如削，万木皆枯。　　朔风飘雪江天暮，似水墨工夫画图。浩然何处冻骑驴？多应在霸陵西路。寒侵安道读书舍，冷浸文君沽酒垆。黄昏后，风清月淡，竹瘦梅疏。

〔太平赚〕四季相续，光阴暗把流年度。休慕古，人生百岁如朝露。莫区区，好天良夜且追游，清风明月休辜负。但落魄，一笑人间今古，圣朝难遇。　俺平生情性好疏狂，疏狂的情性难拘束。一回家想么，诗魔多爱选多情曲。比前贤乐府不中听，在诸宫调里却着数。一个个旖旎风流济楚，不比其余。

〔柘枝令〕也不是崔韬逢雌虎，也不是郑子遇妖狐，也不是井底引银瓶，也不是双女夺夫。　也不是离魂倩女，也不是谒浆崔护，也不是双渐豫章城，也不是柳毅传书。

〔墙头花〕这些儿古迹，现在河中府，即目仍存旧寺宇。这书生是西洛名儒，这佳丽是博陵幼女。　而今想得，冷落了迎风户，唯有旧题句。空存着待月回廊，不见了吹箫伴侣。　聪明的试相度，惺惺的试窨付。不同热闹话，冷淡清虚最难做。三停来是闺怨相思，折半来是尤云殢雨。

〔尾〕穷缀作，腌对付。怕曲儿捻到风流处，教普天下颠不剌的浪儿每许。

他从四季景物写到自己的落拓无聊，再列举当时为群众所爱听的各本诸宫调，从而引向到崔、张的故事上来，突出主题，吸引住听众，使他们不得不屏息定神地听下去。且看他对热闹场面又是怎样的写法。当那孙飞虎领军来围普救寺时，法聪和尚率领着大小僧众奋勇抗敌，先作下面一段叙述：

> 杀人肝胆，翻为济众之心；落草英雄，反作破贼之勇。聪大呼曰："上为教门，下为僧众。当此之时，各当勉力。有敢助我退贼者，出于堂右。"须臾，堂下近三百人，各持白棒戒刀，相应曰："愿从和尚决死！"

接着一段唱词，写得更是有声有色：

> 〔双调〕〔文如锦〕细端详，见法聪生得挡搜相：刁厥精神，跷蹊模样；牛膀阔，虎

腰长。带三尺戒刀，提一条铁棒。一匹战马，似敲了牙的活象。偏能软缠，只不披着介胄，八尺堂堂，好雄强，似出家的子路，削了发的金刚。　从者诸人二百余，一个个器械不类寻常。生得眼脑瓯抠，人材猛浪。或拿着切菜刀，擀面杖。把法鼓擂得鸣，打得斋钟响。着绫幡做甲，把钵盂做头盔戴着顶上。几个鬅头的行者，着铁褐直裰，走离僧房，骋无量，道："俺咱情愿，苦战沙场。"

〔尾〕这每取经后不肯随三藏，肩担着扫帚藤杖，簇捧着个杀人和尚。

这乱纷纷的场面，活画出一群和尚慌忙赴斗的情况，和上一套的《尾》"开门但助我一声喊，戒刀举把群贼来斩，送斋时做一顿馒头馅"，刻画出一个莽和尚的声容，同样使人听了免不得要吐舌。

再看他对清幽景物的描写，又是怎样的细致！下面是张生依着红娘的计划，准备弹琴时的心理状态：

〔仙吕调〕〔赏花时〕去了红娘闷转加，比及到黄昏没乱煞，花影透窗纱，几时是黑，得见那死冤家？　先拂拭瑶琴宝鸭。只怕我今宵瞌睡呵，先点建溪茶。猛吃了几碗，惭愧哑，僧院已闻鸦。

〔尾〕碧天涯几缕儿残霞，渐听得珰珰地昏钟儿打。钟声渐罢，又戍楼寒角奏《梅花》。

接着寥寥几句道白，点醒主角的动态：

是夜晴天澄彻，月色皓空，生横琴于膝。

以下又是张生操琴时的唱词：

〔中吕调〕〔满庭霜〕幽室灯青，疏帘风细，兽炉香爇龙涎。抱琴拂拭，清兴已飘然。此个阁儿虽小，其间趣不让林泉。初移轸，啼乌怨鹤，飞上七条弦。　　循环成雅弄，纯音合正，古操通玄。渐移入新声，心事都传。一鼓松风瑟瑟，再弹岩溜涓涓。空庭静，莺莺未寐寝，须到小窗前。

等到莺莺出户潜听时，再表张生的癫狂心理：

〔仙吕调〕〔惜黄花〕清河君瑞，不胜其喜，宝兽添香，稽首顶礼。十个指头儿，自来不孤你，这一回看你把戏。　孤眠了一世，不闲了一日。今夜里弹琴，不同恁地。还弹到断肠声，得姐姐学连理。指头儿，我也有福啰，你也须得替！

〔仙吕调〕〔赏花时〕宝兽沉烟袅碧丝，半折的梨花繁杏枝，妆一胆瓶儿。冰弦重理，声渐辨雄雌。　说尽心间无限事，謦咳微闻莺已至，窗下立了多时。听沉了一晌，流泪湿却胭脂。

〔尾〕也不弹雅调与新声，流水高山多不是，何似一声声尽说相思。

这里面有华丽的辞藻，也有朴素的语言，把它混合起来，使人感到非常协调。这是金、元作者的特色，尤其是董解元运用文学语言的巧妙所在。清人焦循曾把董的“莫道男儿心如铁，君不见满川红叶，尽是离人眼中血”，与王《西厢》的“晓来谁染枫林醉，总是离人泪”等句子作过比较，认为董要好得多（详见《易馀籥录》）。

元人王伯成的《天宝遗事诸宫调》，是最晚出的一本。所描写的是唐明皇、杨贵妃的故事，和白仁甫的《秋夜梧桐雨》杂剧，用的是同一题材。可惜它的全本早已失传，只明嘉靖时人郭勋所编的《雍熙乐府》选录了四十九套；清乾隆时人周祥钰等所编的《九宫大成南北调宫谱》选录了《踏阵马》和《耍三台》两套，使我们还可以大致看到它的面目。这时杂剧业已盛行，诸宫调就此绝响了。

第八章　论元人散曲

散曲起源于金、元间普遍流行的民间小调，又叫“清唱”，是对有科白、动作的杂剧来说的。魏良辅《曲律》说：“清唱，俗语谓之冷板凳，不比戏场借锣鼓之势。全要闲雅整肃，清俊温润。”它的体制和词的小令大致相同，不过用的都是新兴曲调而已。

一般分散曲为小令和套数两种。单作一支小曲，叫做小令。联用若干支同一宫调的曲牌，组成一套，叫做套数或散套。这套数有些像唐、宋大曲和鼓子词，也有些接近诸宫调。它可以用同一宫调的各个不同曲调组成，也可以一支曲子重叠几次，叫做幺篇或前腔；但每套例有尾声，并且要押同部的韵脚，这规矩是得严格遵守的。燕南芝庵的《唱论》说：“成文章曰乐府，有尾声名套数，时行小令唤叶儿。”我们看了元代典雅作家如张可久等的小令都题名乐府，可见乐府和叶儿的两种名称，只在风格上有雅、俗之分，其实都是时行小令。

现在保存金、元散曲最多的本子，要数杨朝英编集的《朝野新声太平乐府》和《阳春白雪》；而《阳春白雪》又有前后集各五卷本和九卷本的不同。南陵徐氏影元刊本卷首有贯云石的序，又冠以燕南芝庵的《唱论》，次以苏轼的《念奴娇》，无名氏的《商调蝶恋花》，晏几道的《大石调鹧鸪天》，邓千江的《望海潮》，吴激的《春草碧》，辛弃疾的《摸鱼儿》，柳永的《双调雨霖铃》，朱淑真的《大石生查子》，蔡松年的《石州慢》，张先的《中吕天仙子》，都把它叫做“大乐”。从前集第二卷起至后集第一卷都标小令，后集第二卷以后并是套数。这些小令、套数都用新兴曲牌，与唐、宋以来的词牌完全两样。这些曲牌，必然是金、元两朝首都所在地（现在的北京）的时行小曲，所以一般文士，不论在朝在野，都异口同声地使用这些小曲来发抒自己的感情。到蒙古族全部统治了南中国以后，许多北方作家如贯云石等人都跑到杭州来，把北方的时行小令带到南方，又接受一些南方的时行小曲，于是到了元末，就有所谓南北合套的出现。这种错综复杂的交流关系和词曲递嬗的历史条件，是值得我们深入探讨的。在戏曲音乐发展史上所重视的海盐腔，据传和贯云石就有密切关系。贯云石是维吾尔族，在元代为色目人。他跟着父亲阿里海涯移住杭州，就专以教歌、填曲作为个人的事业。《盐邑志林》上说：“云石翩翩公子，无论所制乐府散套，骏逸为当行之冠，即歌声高引，可彻云汉；而惠康（杨梓）独得其传……以故杨氏家僮千指，无有不善歌南、北调者。由是州人往往得其家法，以能歌名于浙右云。”从这些话里可以看出元人散曲是怎样的讲究唱法和它流行的广远。直到魏良辅，还很注意这种清唱。他说：“其有专于摩拟腔调，而不顾板眼；又有专主板眼，而不审腔调；二者病则一般。唯腔与板两工者，乃为上乘。至如面上发红，喉间筋露，摇头摆足，起立不常，此自关人器品，虽无与于曲之工拙，然去此方为尽善。”（《曲律》）雪蓑钓隐所著的《青楼集》，品评元代勾栏中人的技艺，也把善小唱作为特种技能。散曲唱者既多，专家们也乐于创作。这种新形式，很快就取词的地位而代之，是与当时歌伎们的竞相传唱，有着不可分割的关系。

元代统治者执行民族歧视政策，对汉人，尤其对南人中的知识分子特别歧视，有所谓九儒、十丐的说法。当时，民族矛盾非常尖锐，加以政治黑暗，贪污腐化，压迫得老百姓透不过气来。汉人没有机会参与政权，即令有少数人取得官位，也不敢替人民代诉冤屈，而且随时有杀身之祸；因而表现在文艺上的思想感情，总是消极玩世的居多。这样一个暗无天日的时代，不但汉人看不顺眼，就是比较有良心和骨气的蒙古人或色目人中的知识分子，也不免寒心。且看孛罗御史的《辞官》散套：

〔南吕一枝花〕懒簪獬豸冠，不入麒麟画。旋栽陶令菊，学种邵平瓜。觑不的闹穰穰蚁阵蜂衙。卖了青骢马，换耕牛，度岁华。利名场再不行踏，风波海其实怕它。

〔梁州〕尽燕雀喧檐聒耳，任豺狼当道磨牙。无官守无言责相牵挂。春风桃李，夏月桑麻。秋天禾黍，冬月梅茶。四时景物清佳，一门和气欢洽。叹子牙渭水垂钓，胜潘岳河阳种花，笑张骞河汉乘槎。这家，那家，黄鸡白酒安排下。撒会顽，放会耍。拼着老瓦盆边醉后扶，一任它风落了乌纱。

〔牧羊关〕王大户相邀请，赵乡司扶下马。则听得扑冬冬社鼓频挝。有几个不求仕的官员，东庄措大。他每都招手歌丰稔，俺再不想巡案去奸猾。御史台开除我，尧民图添上咱。

〔贺新郎〕奴耕婢织足生涯。随分村疃人情，赛强如宪台风化。趁一溪流水浮鸥鸭，小桥掩映蒹葭。芦花千顷雪，红树一川霞。长江落日牛羊下。山中闲宰相，林外野人家。

〔隔尾〕诵诗书稚子无闲暇，奉甘旨萱堂到白发。伴辘轳村翁，说一会挺脖子话。闲时节笑咱，醉时节睡咱。今日里，无是无非快活煞。

由于这位御史以大官僚的身份，告老回乡，做他的大地主，有了“奴耕婢织”，才能够度着他那“黄鸡白酒”的消闲自在生活，而不为“当道磨牙”的豺狼所吞噬。御史原来是专管检举贪污、为民请命的风宪官，而他的态度是这般消极，这黑暗的社会现状，也就间接地反映出来了。

元代的散曲作家，过去都推重张可久和乔吉。但这张可久的作品，只是轻倩婉美而已，没有多大内容。乔吉字梦符，太原人，也会作杂剧。他的散曲，比较有些豪迈气象。例如题为“登江山第一楼”的《殿前欢》：

拍阑干，雾花吹鬓海风寒，浩歌惊得浮云散。细数青山，指蓬莱一望间。纱巾岸，鹤背骑来惯。举头长啸，直上天坛。

还有题为“冬日写怀”的《山坡羊》：

朝三暮四，昨非今是，痴儿不解荣枯事。攒家私，宠花枝，黄金壮起荒淫志。千百锭买张招状纸。身，已至此；心，犹未死。

这对一班富豪子弟，骂得相当深刻。但比起张养浩题为“潼关怀古”的《山坡羊》来，就又觉得乔吉的襟怀气概，逊色得多了。张养浩字希孟，济南人，著有《云庄休居自适小乐府》，全部都是闲适一类的小令。只这一首《山坡羊》：

峰峦如聚，波涛如怒，山河表里潼关路。望西都，意踌躇。伤心秦汉经行处，宫阙万间都做了土。兴，百姓苦；亡，百姓苦。

写出何等沉痛的心情！结尾八个字，说尽了几千年来阶级社会制度所加给劳动人民的苦难。像这样的警句，真可说是前无古人了！

关汉卿是最伟大的现实主义杂剧家。他的散曲，虽然没有反映什么社会现实，他的精神却是十分充沛的。他有一套自传式的《南吕一枝花·不伏老》，直把自己的豪情逸致，写得异常泼辣飞动。且看它的最后一支《黄钟尾》：

我是个蒸不烂、煮不熟、捶不扁、炒不爆、响当当一粒铜豌豆。恁子弟每，谁教你钻入他锄不断、斫不下、解不开、顿不脱、慢腾腾千层锦套头。我玩的是梁园月，饮的是东京酒，赏的是洛阳花，攀的是章台柳。我也会围棋，会蹴踘，会打围，会插科，会歌舞，会吹弹，会咽作，会吟诗，会双陆。你便是落了我牙，歪了我嘴，瘸了我腿，折了我手，天与我这几般儿歹症候，尚兀自不肯休。则除是阎王亲自唤，神鬼自来勾，三魂归地府，七魄丧冥幽。天哪，那其间才不向烟花路儿上走。

像这样一气贯注，说得何等痛快淋漓！关汉卿是大都（今北京市）人，传说做过太医院尹。他的天才超绝，当然不是一个医官的职位所能拘缚得住；何况他所写的杂剧，如果不是深入群众，和人民的感情融成一片，也不会那么真切。他的《不伏老》虽然写的是“烟花路儿上”的放荡生活，而一种沉雄活泼的气概，可以看出这位作家的胸襟是何等壮阔豪迈！

马致远也是大都人，元杂剧四大家之一。他的《秋思》一套，恰好表现出元代知识分子的普遍思想，也就是“愤世嫉俗”者的心理反映：

〔双调夜行船〕百岁光阴如梦蝶，重回首往事堪嗟！昨日春来，今朝花谢，急罚盏、夜筵灯灭。

〔乔木查〕秦宫、汉阙，做衰草牛羊野。不恁渔樵无话说。纵荒坟横断碑，不辨龙蛇。

〔庆宣和〕投至狐踪与兔穴，多少豪杰！鼎足三分半腰折。魏耶，晋耶?

〔落梅风〕天教富，不待奢。无多时好天良夜。看钱奴硬将心似铁，空辜负锦堂风月！

〔风入松〕眼前红日又西斜，疾似下坡车。晓来清镜添白雪，上床和鞋履相别。莫笑鸠巢计拙，葫芦提一就妆呆。

〔拨不断〕利名竭，是非绝。红尘不向门前惹，绿树偏宜屋上遮，青山正补墙头缺，竹篱茅舍。

〔离亭宴歇〕蛩吟一觉才宁贴，鸡鸣万事无休歇。争名利何年是彻？密匝匝蚁排兵，乱纷纷蜂酿蜜，闹穰穰蝇争血。裴公绿野堂，陶令白莲社。爱秋来那些：和露摘黄花，带霜烹紫蟹，煮酒烧红叶。人生有限杯，几个登高节？嘱咐俺顽童记者：便北海探吾来，道东篱醉了也！

周德清把它附载在《中原音韵》的卷尾，并加评语："此方是乐府，不重韵，无衬字，韵险，语俊。谚曰百中无一，余曰万中无一。看他用蝶、穴、杰、别、竭、绝字，是入声作平声；阙、说、铁、雪、拙、缺、贴、歇、彻、血、节字是入声作上声；灭、月、叶是入声作去声，无一字不妥，后辈学去。”他纯从作品的下字押韵处着想，极口称赞它的形式之美，确也值得后人学习。从内容看，这套散曲所反映的是封建社会的丑恶面貌和由此产生的达观遗世的消极思想。由于元散曲作家大多数出身于下层地主阶级，就不能要求他们会有积极斗争的精神，但把个人名利看淡些，不去做上层统治阶级的帮凶，就可以对人民少做一点坏事，在那个社会，也还不是全无意义的。

元散曲作家中最为关心人民疾苦，颇具现实主义思想的，要数到一位不很知名的江西人刘时中。他有两套“上高监司”的《正宫端正好》，把饥民的艰苦生活，刻画得淋漓尽致。节录前套中的几段如下：

〔正宫端正好〕众生灵遭魔障，正值着时岁饥荒。谢恩光拯济皆无恙。编做本词儿唱。

〔滚绣球〕去年时，正插秧，天反常，那里取若时雨降？旱魃生，四野灾伤。谷不登，麦不长，因此万民失望。一日日物价高涨。十分料钞加三倒，一斗粗粮折四量，煞是凄凉。

〔倘秀才〕殷实户欺心不良，停塌户瞒天不当，吞象心肠歹伎俩，谷中添秕屑，米内插粗糠。怎指望它儿孙久长？

〔滚绣球〕甑生尘，老弱饥，米如珠，少壮荒。有金银那里每典当？尽枵腹高卧斜阳。剥榆树餐，挑野菜尝。吃黄不老胜如熊掌，蕨根粉以代餱粮。鹅肠苦菜连根煮，荻笋芦莴带叶咗，则留下杞柳株樟。

〔倘秀才〕或是捶麻柘稠调豆浆，或是煮麦麸稀和细糠。他每早合掌擎拳谢上苍。一个个黄如经纸，一个个瘦似豺狼，填街卧巷。

〔滚绣球〕偷宰了些阔角牛，盗斫了些大叶桑。遭时疫无棺活葬，贱卖了些家业田庄。嫡亲儿共女，等闲参与商，痛分离是何情况？乳哺儿没人要，撇入长江。那里取厨中剩饭杯中酒，看了些河里孩儿岸上娘，不由我不哽咽悲伤！

〔倘秀才〕私牙子船湾外港，行过河中宵月朗。则发迹了些无徒米麦行，牙钱加倍解，卖面处两般装，昏钞早先除了四两。

〔伴读书〕磨灭尽诸豪壮，断送了些闲浮浪。抱子携男扶筇杖，尪羸伛偻如虾样，一丝好气沿途呛，阁泪汪汪。

〔叨叨令〕有钱的贩米谷，置田庄，添生放。无钱的少过活，分骨肉，无承望。有钱的纳宠妾，买人口，偏兴旺。无钱的受饥馁，填沟壑，遭灾障。小民好苦也么哥！小民好苦也么哥！便秋收，鬻妻卖子家私丧。

人民闹饥荒是这样的凄惨，却肥了一些奸商和富户，这是何等景象！作者抱着为民请命的精神，运用很朴素的语言，把它如实地唱了出来，怎不叫人听了伤心落泪？像这样深切同情劳动人民的作品，怕只有白居易的《秦中吟》才有些相仿吧？

此外，冯子振的小令，也有些关心农民生活的作品。例如他的《正宫鹦鹉曲·农夫渴雨》：

年年牛背扶犁住，近日最懊恼杀农父。稻苗肥恰待抽花，渴煞青天雷雨。　〔幺〕恨残霞不近人情，截断玉虹南去。望人间三尺甘霖，看一片闲云起处。

他又用同一曲牌，描写园父的生活：

柴门鸡犬山前住，笑语听伛背园父。辘轳边抱瓮浇畦，点点阳春膏雨。　〔幺〕菜花间蝶也飞来，又趁暖风双去。杏梢红韭嫩泉香，是老瓦盆边饮处。

这类作风，虽然在元散曲中也颇流行，但像前一支那样刻画农民心理，却是不多见的。

借古讽今，是我国文人惯用的一种手法。元杂剧应用这种手法，假托历史故事来指责当前社会现象的很多。散曲作家睢景臣，也是运用这手法来讽刺统治阶级的。他的《般涉调哨遍·高祖还乡》一套，尽情刻画了这位亭长出身的流氓皇帝如何扬威耀武地回到家乡，摆尽了他的臭架子，最后被一个乡老看出了他的面貌，想起了他的底细，给了他一顿臭骂：

〔二煞〕你须身姓刘，你妻须姓吕。把你两家儿根脚从头数：你本身做亭长，耽几盏酒；你丈人教村学，读几卷书。曾在俺庄东住，也曾与我喂牛切草，拽坝扶锄。

〔一煞〕春采了桑，冬借了俺粟，零支了米麦无重数。换田契强称了麻三秤，还酒债偷量了豆几斛。有甚胡突处？明标着册历，见放着文书。

〔尾〕少我的钱，差发内旋拨还；欠我的粟，税粮中私准除。只道刘三，谁肯把你揪捽住？白甚么改了姓、更了名，唤做汉高祖！

这样淋漓痛快的笔墨，把专制皇帝的尊严都给赤裸裸地剥光了，读了会使人感到所谓真命天子不过是一个天大的谎言；这就给广大人民破除了对真命天子的迷信，是可以大伙儿起来和他算账的。

元人的散曲，是宋词的替身，为一般文人所喜爱。因为每一个曲牌，都只短短的几句，使人感到它的轻松灵巧，而且作者可以自由添上衬字，就容易表现得活泼有趣，不会感到呆板无聊。如果有的话长，又可以就同一宫调的曲牌，任取若干支组成散套，尽量抒写作者心中所要说的情事。用来清唱，也是怪有意思的。元曲作者很多，直到明代，也还有些专家出现。像这类的形式，我觉得对建立民族形式的新体歌词或新格律诗，是有很多地方可资借鉴的。

最后还得介绍一下那个对声乐有所贡献的维吾尔族作家贯云石。他的父亲叫贯只哥，就把贯字当作自己的姓。他是一个文武双全的世家子弟，也曾做过翰林侍读学士，但很快就托病辞掉了官，回到侨寓的杭州，卖药材过活，一意搞他的音乐文艺，诡名易服，自号芦花道人，又号酸斋，可以看出他的志行。可惜三十九岁就死了！他所写的《西湖十景》，还附着工尺谱，载在朱廷镠、廷璋重订的《太古传宗琵琶调宫词曲谱》里。它用的是《中吕粉蝶儿》套曲。摘录《好事近》一文：

漫说凤凰坡，怎比繁华江左？无穷千古，真个是胜迹极多。烟笼雾锁，绕六桥翠嶂如螺座。青蔼蔼山抹柔蓝，碧澄澄水泛金波。

他把祖国的美丽湖山，描写得多么细腻！这位维吾尔族的文学家兼声乐家在散曲的创作和歌唱上，都是值得赞许的。

第九章　论元杂剧

杂剧的名称，在北宋时就有了。据孟元老《东京梦华录》卷五《京瓦伎艺》条，就有“般杂剧”的专业艺人，还有“小儿相扑杂剧”的表演者。耐得翁《都城纪胜》说得更为详细。他说：

> 杂剧中，末泥为长，每四人或五人为一场。先做寻常熟事一段，名曰艳段。次做正杂剧，通名为两段，末泥色主张，引戏色分付，副净色发乔，副末色打诨。又或添一人装孤。其吹曲破断送者，谓之把色。大抵全以故事世务为滑稽，本是鉴戒，或隐为谏诤也。

依据耐得翁这段记载，宋杂剧的初起，虽已有了各种不同角色，担任各项表演，而且有了音乐伴奏，但表演的中心内容，仍是沿袭《史记·滑稽列传》中所举优孟、优旃的故技以及《五代史·伶官传》中所列敬新磨等的作风，所谓“全以故事世务为滑稽”，也就是“谈言微中，亦可以解纷”的遗意。吴自牧《梦粱录》卷二十说到“向者汴京教坊大使孟角毬曾做杂剧本子”。那么，北宋时，不但有了实际表演的杂剧，而且有了编好的脚本。可惜这些杂剧本子，现已只字不存了。据周密《武林旧事》卷十所载官本杂剧段数，至二百八十本之多。就它所存的名目看来，南宋官本杂剧使用大曲、法曲、诸宫调、词曲调的共有一百五十多本，可见它的音乐关系，与北宋专主滑稽者有所不同。但这两者决不是全无交涉的东西。由说滑稽故事构成剧本的内容，由借用各种曲调构成唱词中的音乐，这正是发展成为元杂剧的必由道路。其间错综复杂的发展过程，因为史料不够，也就不容易弄得清楚。

元杂剧有一定的体段和一定的曲调，由宋大曲和诸宫调的叙事体，一变而为代言体，树立了戏剧的独立规模。每一剧本，例分四折，每折使用同一宫调的曲牌若干支成为一个整套，韵脚也要同部到底。如果四折之间有说不尽的情书，就可以插进一段楔子。楔子有放在四折最前面的，也有插在中间的，尽可灵活使用。在现在的元杂剧中，只有纪君祥的《赵氏孤儿》，共有五折。至于王实甫《西厢记》的二十折，则是用五本合成。这上面所说的一些规矩，是构成元杂剧的主要条件。明、清以来的杂剧作家，也都是遵照这些规矩的。

杂剧的构成，有动作，有说白，有歌唱。表示动作的术语叫做“科”，两人对话叫做“宾”，一人自说叫做“白”。整个剧本的重点，属于歌唱一门，有末本、旦本之分。每折都由主角一人担任歌唱到底。除末（生）、旦外，其他角色都只有说无唱。元剧角色的名目很多：末有正末、外末、冲末、二末、小末；旦有老旦、大旦、小旦、旦俫、色旦、搽旦、外旦、贴旦等，也有简称外和贴的。这一切，王国维的《宋元戏曲考》，讲得相当详尽，这里就不多说了。

元统治者把全国人民划分为蒙古人、色目人（西域各民族）、汉人（金辖区的汉人和契丹、女真、高丽、渤海人）、南人（南宋辖区的汉人和其他各族人）四等，尤其贱视南人，把他们叫做“蛮子”，给以多方面的迫害。那些蒙古贵族不但高据统治地位，对人民极尽压迫榨取之能事，而且惯于利用他们的“鹰犬”放所谓“羊羔儿息”的高利贷；更有所谓“权豪势要”的特殊势力，如什么“衙内”之类，无恶不作。这就不免激起有心人的义愤，借着历史故事来暗讽“世务”，反映这民族矛盾和阶级矛盾中的种种现实。这就是元杂剧蓬勃发展的主要内容。由于元统治者对汉人和南人的歧视，他们的知识分子除极少数因为善于逢迎爬上相当职位者外，一般都找不到相当的出路。相传那时还曾就广大人民的社会地位和职业关系，区分为若干等级，有“八娼，九儒，十丐”之说，把知识分子放在最下贱的一级。所有聪明才智之士，抑郁无聊，就只好转移目标，与勾栏中人打交道去，或者索性加入那些勾栏中人物所组织的“书会”，替他们编写剧本，作为谋生的一种方法。这样迫使中国历来为统治阶级服务的士人，不得不放下架子，深入群众，了解群众心理，学习群众语言，创作崭新的一种文学形式，借着勾栏中的艺人搬上舞台表演，用来博取观众的同情。我们只要检查一下元杂剧作家，一般都是没有什么政治地位的，甚而连姓名都不为人们所知道，那他们所处的环境和创作的动机，也就可想而知了。

杂剧，是在城市中成长和发展起来的，也曾受到过统治阶级的欣赏。有如杨维桢《元宫词》所说：

> 开国遗音乐府传，白翎飞上十三弦。大金优谏关卿在，《伊尹扶汤》进剧编。

又兰雪主人《元宫词》所说：

《尸谏灵公》演传奇，一朝传到九重知。奉宣赍与中书省，诸路都教唱此词。

这关汉卿所写的《伊尹扶汤》，曾经进入宫廷；鲍天佑写的《尸谏灵公》，曾被皇帝下令各地演唱，固然可以说明杂剧曾和宫廷发生过关系；明代开国皇帝朱元璋，也曾有“亲王之国，必以词曲千七百本赐之”（李开先《小山乐府序》）的传说。但这些情况，并不能据以贬损元杂剧的价值。至于现存的《元曲选》，虽然臧晋叔序文中有“录之御戏监”的说法，有些对统治阶级不利的东西，免不了要受到删改，变换面目；但明代的御戏监，绝不会为前朝隐讳。而且借古讽今，一样可以反映现实。元杂剧中所反映的社会情况，是能激发人们的民族意识和对统治阶级的反抗的。当然其中有一部分宣扬迷信，表现消极厌世思想的作品，是应该予以批判淘汰的。

王国维把元杂剧作家，分作三个时期，兼及作家的生长地域。第一期属于蒙古时代，也就是从蒙古军侵入中原到统一全中国的初期。这一期的作家，几乎全是北人，而大都（今北京市）人就有十九名之多，包括关汉卿、王实甫、马致远诸杰出作家在内。从这里可以看出，这一崭新的体裁，是在特殊环境下产生的。由于一批落拓文人和勾栏中的艺人们发生了交往，进一步替他们编写剧本，作为表演的资料，而为了迎合市民阶层心理，不得不熟悉下层社会的生活情况，运用一些群众口语，并把大都语作为标准语言，因而能够长期在北方普遍流行，为观众所喜闻乐见。周德清的《中原音韵》，就是根据这些初期作家的作品，加以归纳来定十九部韵的。南宋灭亡以后，北方作者很多移住临安（今浙江杭州），南方作家也骤然大盛。但除宫天挺、郑光祖、乔吉外，没有多大成绩可观。这种新生事物，一经脱离了原生土壤，也就很快趋于腐朽没落了！

关汉卿是元杂剧的首要作家。据臧晋叔说他“至躬践排场，面傅粉墨，以为我家生活，偶倡优而不辞”（《元曲选》序）。再证以他自己所写的《不伏老》散套，他可能是一个专业的剧作家，并兼演员和导演。单就现存的作品来看，它们的题材，有的是采用历史故事，如《单刀会》、《西蜀梦》之类；有的是表现当时的社会矛盾和民族矛盾，如《窦娥冤》、《鲁斋郎》、《救风尘》、《蝴蝶梦》、《望江亭》之类；有的是专写男女风情，如《谢天香》、《金线池》、《诈妮子》、《拜月亭》之类。这三类中，以第二类最富于现实主义精神。它反映了封建社会的黑暗残酷，还生动地塑造了富有强烈反抗精神的窦娥和机智顽强的谭记儿等典型形象。它的语言，是朴素自然的，是生动泼辣的。且看窦娥在刑场时的一段唱词：

〔鲍老儿〕念窦娥伏侍婆婆这几年，遇时节将碗凉浆奠。你去那受刑法尸骸上烈些纸钱，只当把你亡化的孩儿荐。婆婆也！再也不要啼啼哭哭，烦烦恼恼，怨气冲天。这都是我做窦娥的没时没运，不明不暗，负屈衔冤。

〔要孩儿〕不是我窦娥发下这等无头愿，委实的冤情不浅。若没些儿灵圣与世人传，也不见得湛湛青天。我不要半星热血红尘洒，都只在八尺旗枪素练悬。等他四下里皆瞧见，这就是咱苌弘化碧，望帝啼鹃。

〔二煞〕你道是暑气暄，不是那下雪天，岂不闻飞霜六月因邹衍？若果有一腔怨气喷如火，定要感的六出冰花滚似绵，免着我尸骸现。要什么素车白马，断送出古陌荒阡。

〔一煞〕你道是天公不可期，人心不可怜，不知皇天也肯从人愿。做什么三年不见甘霖降，也只为东海曾经孝妇冤。如今轮到你山阳县。这都是官吏每无心正法，使百姓有口难言。

〔煞尾〕浮云为我阴，悲风为我旋，三桩儿誓愿明题遍。（做哭科，云：婆婆也！直等待雪飞六月，亢旱三年呵！）（唱）那其间才把你个屈死的冤魂这窦娥显。

这是何等凄惨怨愤、激昂沉痛的诉状！使听者为之落泪，为之扼腕，为之激起反抗的情绪。在《望江亭中秋切鲙》一剧中，谭记儿扮作张二嫂骗取了杨衙内的金牌势剑之后，她向她的丈夫白士中（那时任潭州地方长官）告状时唱：

〔双调新水令〕有这等倚权豪贪酒色滥官员，将俺个有儿夫的媳妇来欺骗。他只待强拆开我长搀搀的连理枝，生摆断我颤巍巍的并头莲。其实负屈衔冤，好将俺穷百姓可怜见。

她在告完状后，改了妆，以白夫人的身份转身出来，唱：

〔沉醉东风〕杨衙内官高势显，昨夜个说地

谈天。只道他仗金牌将夫婿诛，恰元来击云板请夫人见。只听得叫呀呀嚷成一片，抵多少笙歌引至画堂前。看他可认得我有些面善。

她在一切计划胜利完成时，表现出何等的从容得意。接着和杨衙内相见，唱：

〔雁儿落〕只他那身常在柳陌眠，脚不离花街串。几年闻姓名，今日逢颜面。

〔得胜令〕呀！请你个杨衙内少埋怨。唬得他半晌只茫然。又无那八棒十枷罪，只不过三交两句言。这一只鱼船，只费得半夜工夫缠。俺两口儿今年，做一个中秋八月圆。

把一个无恶不作的杨衙内，摆布得无计可施，只得认输服罪。作者要揭发黑暗面，却以嘲弄手法写来，何等灵活机巧，引人入胜！

关汉卿是现实主义作家。他在我国文学史上和世界文坛的地位，是已经肯定的了。以历史故事做题材的，还有白朴（仁甫）的《梧桐雨》和马致远的《汉宫秋》，也是最负盛名的。《汉宫秋》写的是昭君和番的故事。剧中人痛骂了那一批昏庸腐化的朝臣，而把昭君写成投江自杀，故意改变历史事实，这就表露了作者的民族思想，不是泛泛的历史剧可比。且看汉元帝送别昭君时的几段唱词：

〔雁儿落〕我做了别虞姬楚霸王，全不见守玉关征西将。那里取保亲的李左车，送女客的萧丞相？

〔得胜令〕他去也不沙架海紫金梁，枉养着那边庭上铁衣郎。您也要左右人扶侍，俺可甚糟糠妻下堂？您但提起刀枪，却早小鹿儿心头撞。今日央及煞娘娘，怎做的男儿当自强！

〔梅花酒〕呀！俺向着这迥野悲凉，草已添黄，兔早迎霜，犬褪得毛苍，人搠起缨枪，马负着行装，车运着餱粮，打猎起围场。他，他，他，伤心辞汉主；我，我，我，携手上河梁。他部从入穷荒；我銮舆返咸阳。返咸阳，过宫墙；过宫墙，绕回廊；绕回廊，近椒房；近椒房，月昏黄；月昏黄，夜生凉；夜生凉，泣寒螿；泣寒螿，绿纱窗；绿纱窗，不思量！

〔收江南〕呀！不思量，除是铁心肠。铁心肠，也愁泪滴千行。美人图今夜挂昭阳，我那里供养，便是我高烧银烛照红妆。

〔鸳鸯煞〕我煞大臣行说一个推辞谎，又则怕笔尖儿那伙编修讲。不见他花朵儿精神，怎趁那草地里风光？唱道伫立多时，徘徊半晌，猛听的塞雁南翔，呀呀的声嘹亮，却原来满目牛羊，是兀那载离恨的毡车半坡里响。

它刻画了这个懦弱皇帝的悲痛心情，语气越转越紧，尤其是《梅花酒》一曲，繁音促节，使读者不免为之荡气回肠，低回不尽。《梧桐雨》是写唐明皇和杨贵妃的故事，替洪升的《长生殿》传奇打下了基础。它把白居易《长恨歌》中“秋雨梧桐叶落时”一句话，演化成为下面一段唱词：

〔蛮姑儿〕懊恼，窨约，惊我来的又不是楼头过雁，砌下寒蛩，檐前玉马，架上金鸡，是兀那窗儿外梧桐上雨潇潇。一声声洒残叶，一点点滴寒梢，会把愁人定虐。

〔滚绣球〕这雨呵，又不是救旱苗，润枯草，洒开花萼。谁望道秋雨如膏，向青翠条，碧玉梢，碎声儿剥剥，增百十倍歇和芭蕉。子管里珠连玉散飘千颗，平白地瀽瓮番盆下一宵，惹的人心焦。

〔叨叨令〕一会价紧呵，似玉盘中万颗珍珠落。一会价响呵，似玳筵前儿簇笙歌闹。一会价清呵，似翠岩头一派寒泉瀑。一会价猛呵，似绣旗下数面征鼙操。兀的不恼杀人也么哥！兀的不恼杀人也么哥！则被他诸般儿雨声相聒噪。

〔倘秀才〕这雨一阵阵打梧桐叶凋，一点点滴人心碎了。枉着金井银床紧围绕，只好把泼枝叶做柴烧，锯倒。

这对杨妃死后、明皇移居西内时的寂寞无聊情绪，刻画得异常细致。明皇的晚景，不但丧失了心爱的杨妃，还要受儿子（肃宗）的闷气，无异度着幽囚生活，一肚子的牢骚，除掉埋怨无情的梧桐秋雨外，也就没有什么可说的了。这下面还有三支曲子，也是描写听雨心情，一气到底。可惜铺张得太过些，也不免“掉书袋”的习气。马致远、白朴诸人赶不上关汉卿，这大概是原因之一吧？

王实甫的《西厢记》，在元人杂剧中，是一个规模最大的剧本。它一直盛行了好几百年，影响到各地方剧种和说唱文学。它在中国和世界剧坛的评价，都是很高的。有人说它是王实甫和关汉卿的合作。两人生在同一时代，又同为大都人，不论是王作关续，或者关作王续，都属可能。我们不必费很多心力去考证。崔、张恋爱故事，从《董解元西厢记》，进一步发展成为王实甫的《西厢记》杂剧，无论在结构上、词藻上，都更趋于完整。它的描写手法，是十分巧妙的。且看第二本第四折莺莺听琴时的那段唱词：

〔天净沙〕莫不是步摇得宝髻玲珑？莫不是裙拖得环珮丁冬？莫不是铁马儿檐前骤风？莫不是金钩双鞚，吉丁当敲响帘栊？

〔调笑令〕莫不是梵王宫，夜撞钟？莫不是疏竹潇潇曲槛中？莫不是牙尺剪刀声相送？莫不是漏声长滴响壶铜？潜身再听在墙角东，原来是近西厢理结丝桐。

〔秃厮儿〕其声壮，似铁骑刀枪冗冗。其声幽，似落花流水溶溶。其声高，似风清月朗鹤唳空。其声低，似听儿女语，小窗中，喁喁。

〔圣药王〕他那里思不穷，我这里意已通，娇鸾雏凤失雌雄。他曲未终，我意转浓，争奈伯劳飞燕各西东：尽在不言中。

他用许多比喻来摹写琴声，使它形象化。这比白居易《琵琶行》的刻画琵琶声调和韩愈《听颖师弹琴》诗的描写琴音，更加丰富多彩。

郑光祖是第二期的作家。他和关汉卿、马致远、白仁甫并称元杂剧四大家。他写的《倩女离魂》，也是一个被人重视的剧本。且看那个魂已跟王文举去京应试后的倩女，卧病在床，仿佛患了精神病似的。梅香把她扶了起来，她唱着：

〔中吕粉蝶儿〕自执手临歧，空留下这场憔悴。想人生最苦别离。说话处少精神，睡卧处无颠倒，茶饭上不知滋味。似这般废寝忘食，折挫得一日瘦如一日。

〔醉春风〕空服遍瞑眩药不能痊，知他这腤臜病何日起？要好时，直等的见他时，也只为这症候因他上得，得。一会家缥缈呵，忘了魂灵；一会家精细呵，使着躯壳；一会家混沌呵，不知天地。

〔迎仙客〕日长也愁更长，红稀也信尤稀，春归也奄然人未归。我则道相别也数十年，我则道相隔着几万里。为数归期，则那竹院里刻遍琅玕翠。

这把一个患相思病的深闺少女描画得多么深刻细致！

这四大家之外，还有写《李逵负荆》的康进之，前面已略略谈过了。在整个剧本中，他把李逵这样一个贫农出身者的高贵品质，以及他那见义勇为而又勇于认错的英雄气概，都很形象地刻画出来了。且看李逵自听了王林说起他那女儿被假宋江劫去做压寨夫人的话之后，回到聚义堂上，见到宋江，不由分说地破口大骂，随口唱着：

〔正宫端正好〕抖擞着黑精神，扎煞开黄髭髯，则今番不许收拾。俺可也摩拳擦掌，行行里按不住莽撞心头气。

〔滚绣球〕宋江咪，这是甚所为，甚道理？不知他主着何意，激的我怒气如雷。可不道他是谁，我是谁。俺两个半生来岂有些嫌隙？到今日却做了日月交食。不争几句闲言语，我则怕恶识多年旧面皮，辗转猜疑。

〔滚绣球〕俺哥哥要娶妻，这秃厮（指鲁智深）会做媒。原来个梁山泊有天无日。就恨不斫倒这一面黄旗。你（指吴用）道我忒口快，忒心直，还待要献勤出力。则不如做个会六亲庆喜的筵席。走不了你个撮合山师父唐三藏，更和这新女婿郎君，哎你个柳盗跖，看那个便宜？

〔叨叨令〕那老儿（指王林），一会家便哭啼啼在那茅店里，他这般急张拘诸的立。那老儿，一会家便怒吽吽在那柴门外，他这般乞留曲律的气。那老儿，一会家便闷沉沉在那酒瓮边，他这般迷留没乱的醉。那老儿，托着一片席头，便慢腾腾放在土炕上，他这般壹留兀渌的睡。似这般过不的也么哥，似这般过不的也么哥！他道俺梁山泊，水不甜，人不义。

〔黄钟尾〕那怕你指天划地能瞒鬼，步线行针待哄谁？又不是不精细，又不是不伶俐。下山寨，到那里，李山儿，共质对。认的真，觑的实，割你头，塞你嘴。非铁牛，敢无礼，既赌赛，怎翻悔？莫说这三十六英雄，一个个都是弟兄辈。（李对宋江云）我伏侍你！我伏侍你！一只手揪住衣领，一只手搭住腰带，滴留扑摔个一字阔脚板，踏住胸脯，举起我那板斧来，觑着脖子上可叉！（唱）便跳出你那七代先灵，也将我来劝不得。

你看这一段泼辣而朴素的语言，是何等凛凛有生气！我们要把群众口头语提炼成为有民族风格的文学语言，是值得不断地向元杂剧中这样

的例子学习的。

元杂剧刻意反映现实的作品，有些是出于不太知名的作家或者竟是无名氏。例如石君宝的《魔合罗》，李直夫的《虎头牌》，张国宾的《合汗衫》，无名氏的《生金阁》、《货郎旦》、《陈州粜米》等，对当时的黑暗社会，给与了严峻的鞭挞。例如《陈州粜米》第一折中，张馓古对那克扣银米的贪官污吏们唱道：

〔仙吕点绛唇〕则这官吏知情，外合里应，将穷民并。点纸连名，我可便直告到中书省。

〔混江龙〕做的个上梁不正，只待要损人利己惹人憎。他若是将咱刁蹬，休道我不敢掀腾。柔软莫过溪涧水，到了不平地上也高声。他也故违了皇宣命，都是些吃仓廒的鼠耗，咂脓血的苍蝇。

这揭露得何等痛快！但终于被小衙内将紫金锤把这老头儿打死了。在暂时苏醒的时候，他还唱着：

〔村里迓鼓〕只见他金锤落处，恰便似轰雷着顶，打的来满身血迸，教我呵怎生扎挣？也不知打着的是脊梁？

是脑袋？是肩井？但觉的刺牙般酸，剜心般痛，剔骨般疼。哎哟，天那！兀的不送了我也这条老命！

这把那批所谓豪强势要的蛮横和残酷，血淋淋地展现在读者的眼前，怎不激起人民的公愤？最后由包待制（拯）奉圣旨到陈州，查明判断，才为人民吐了一口气。这清正廉明的包待制，在彼时广大人民的心目中，恰是唯一的救星呢！

在《货郎旦》一剧中，有张三姑唱的《转调货郎儿》，用九段曲子连说带唱地叙述了李彦和一家遭难情事，是十分动人的。节录如下：

（副旦做排场敲醒睡科，诗云）烈火西烧魏帝时，周郎战斗苦相持。交兵不用挥长剑，一扫英雄百万师。这话单题着诸葛亮长江举火，烧曹军八十三万，片甲不回。我如今的说唱，是单题着河南府一桩奇事。（唱）

〔转调货郎儿〕也不唱韩元帅偷营劫寨，也不唱汉司马陈言献策，也不唱巫娥云雨楚阳台，也不唱梁山伯，也不唱祝英台。（小末云）你可唱什么那？（副旦唱）只唱那娶小妇的长安李秀才。

（云）怎见的好长安？（诗云）水秀山明景色幽，地

灵人杰出公侯。华夷图上分明看，绝胜寰中四百州。（小末云）这也好，你慢慢的唱来。（副旦唱）

〔二转〕我只见密臻臻的朱楼高厦，碧耸耸青檐细瓦。四季里常开不断花，铜驼陌纷纷斗奢华。那王孙士女乘车马，一望绣帘高挂，都则是公侯宰相家。

（云）话说长安有一秀才，姓李，名英，字彦和。嫡亲的三口儿家属：浑家刘氏，孩儿春郎，你母张三姑。那李彦和共一娼妓叫做张玉娥作伴情熟，次后娶结成亲。（叹介，云）嗨！他怎知才子有心联翡翠，佳人无意结婚姻。（小末云）是唱的好，你慢慢的唱咱。（副旦唱）

〔三转〕那李秀才不离了花街柳陌，占场儿贪杯好色。看上那柳眉星眼杏花腮，对面儿相挑泛，背地里暗差排。抛着他浑家不睬。只教那媒人往来，闲家擘划。诸般绰开，花红布摆，早将一个泼贱的烟花娶过来。

（云）那婆娘娶到家时，未经三五日，唱叫九千场。（小末云）他娶了这小妇，怎生和他唱叫？你慢慢的唱者，我试听咱。（副旦唱）

〔四转〕那婆娘舌剌剌挑茶斡刺，百枝枝花儿叶子，望空里揣与他个罪名儿。寻这等闲公事。他正是节外生枝，调三斡四。只教你大浑家吐不的咽不的这一个心头刺。减了神思，瘦了容姿，病恹恹睡损了裙儿衽。难扶策，怎动止。忽的呵，冷了四肢。将一个贤会的浑家生气死。

（云）三寸气在千般用，一旦无常万事休。当日无常埋葬了毕，果然道：福无双至日，祸有并来时。只见这正堂上火起，刮刮咂咂，烧的好怕人也。怎见的好大火！（小末云）他将大浑家气死了，这正堂上的火，从何而起？这火可也还救的么？兀那妇人，你慢慢的唱来，我试听咱。（副旦唱）

〔五转〕火逼的好人家，人离物散，更那堪更深夜阑。是谁将火焰山，移向到长安？烧地户，燎天关，单则把凌烟阁留他世上看。恰便似九转飞芒，老君炼丹，恰便似介子推在绵山，恰便似子房烧了连云栈，恰便似赤壁下曹兵涂炭，恰便似布牛阵举火田单，恰便似火龙鏖战锦斑斓。将那房檐扯，脊梁扳。急救呵，可又早连累了官房五六间。

（云）早是焚烧了家缘家计，都也罢了；怎当的连累官房，可不要去抵罪。正在仓皇之际，那妇人言道："咱与你他府他县，隐姓埋名，逃难去来。"四口儿出的城门，望着东南上慌忙而走。早是意急心慌情冗冗，又值天昏地暗雨涟涟。（小末云）火烧了房廊屋舍，家缘家计

都烧的无有了。这四口儿可往那里去？你再细细地说唱者，我多有赏钱与你。（副旦唱）

〔六转〕我只见黑黯黯天涯云布，更那堪湿淋淋倾盆骤雨！早是那窄窄狭狭、沟沟堑堑路崎岖，知奔向何方所？犹喜的潇潇洒洒、断断续续、出出律律、忽忽噜噜，阴云开处，我只见霍霍闪闪电光星炷。怎禁那萧萧瑟瑟风，点点滴滴雨，送的来高高下下，凹凹凸凸，一搭模糊！早做了扑扑簌簌、湿湿漉漉，疏林人物。倒与他妆就了一幅昏昏惨惨潇湘水墨图。

（云）须臾之间，云开雨住。只见那晴光万里云西去，洛河一派水东流。行至洛河岸侧，又无摆渡船只，四口儿愁做一团，苦做一块。果然道：天无绝人之路。只见那东北上，摇下一只船来。岂知这船不是收命的船，倒是纳命的船。原来正是奸夫与那淫妇相约，一壁附耳低言："你若算了我的男儿，我便跟随你去。"（小末云）那四口儿来到洛河岸边，既是有了渡船，这命就该活了。怎么又是淫妇奸夫预先约下，要算计这个人来？（副旦唱）

〔七转〕河岸上和谁讲话？向前去亲身问他。只说道奸夫是船家，猛将咱家长喉咙掐，磕搭地揪住头发。我是个婆娘，怎生救拔？也是他合亡化，扑冬的命掩黄泉下；将李春郎的父亲，只向那翻滚滚波心水淹杀。

（云）李彦和河内身亡。张三姑争忍不过，比时向前，将贼汉扯住丝绦，连叫道："地方，有杀人贼，杀人贼！"倒被那奸夫把咱勒死。不想岸上闪过一队人马来。为头的官人怎么打扮？（小末云）那奸夫把李彦和推在河里，那三姑和那小的，可怎么了也？（副旦唱）

〔八转〕据一表仪容非俗，打扮的诸余里俏簇，绣云胸背雁衔芦。他系一条兔鹘，兔鹘海斜皮，偏宜衬连珠，都是那无瑕的荆山玉。整身躯也么哥缯，髭须也么哥打着鬓胡。走犬飞鹰，架着雕鹘。恰围场过去，过去，折跑盘旋，骤着龙驹，端的个疾似流星度。那风流也么哥，恰浑如也么哥，恰浑如和番的昭君出塞图。

（云）比时小孩儿高叫道："救人咱！"那官人是个行军千户，他下马询问所以，我三姑诉说前事。那官人说："既然他父母亡化了，留下这小的，不如卖与我做个义子，恩养的长立成人，与他父母报恨雪冤。"他随身有文房四宝，我便写与他年月日时。（小末云）那官人救活了你的性命，你怎么就将孩儿卖与那官人去了？你可慢慢地说者。（副旦唱）

〔九转〕便写与生时年纪，不曾道差了半米。未落笔花笺上泪珠垂，长吁气呵软了毛锥，恓惶泪滴满了端溪。（小末云）他去了多少时也？（副旦唱）十三年不知个信息。（小末云）那时这小的几岁了？（副旦唱）相别时恰才七岁。（小末云）如今该多少年纪也？（副旦唱）他如今刚二十。（小末云）你可晓的他在那里？（副旦唱）恰便似大海内沉石。（小末云）你记的在那里与他分别来？（副旦唱）俺在那洛河岸上两分离，知他在江南也塞北？（小末云）你那小的有什么记认处？（副旦唱）俺孩儿福相貌，双耳过肩坠。（小末云）再有甚么记认？（副旦云）有，有，有。（唱）胸前一点朱砂记。（小末云）他祖居在何处？（副旦唱）他祖居在长安解库省衙西。（小末云）他小名唤做什么？（副旦唱）那孩儿小名唤做春郎身姓李。

在定型的杂剧中，插进这一大段说唱形式，是非常出色的。它的每一支曲子，可以自由换韵，与一般杂剧唱词规定每折自成一套、全押同部韵脚到底的，面目全然不同。从它的开场白和第一段唱词看来，当时以卖唱谋生活的女叫花，也得学会一套特殊形式的说唱词：有儿女风情，也有历史故事。这是研究曲艺发展史者所应加以重视的。

元杂剧多以本色语擅胜场，也就是采集人民口头语言，给以加工提炼，使其有抑扬抗坠的节奏，用来表演各个不同角色的心理活动和种种社会情态，恰如其分地刻画出来。这类文学语言，是值得我们借鉴的。

明人也爱写杂剧。但比起元初作家来，就觉得前者朴素自然，后者不免矫揉造作，相差太远了。其间较为出色的作家的作品，如康海的《中山狼》、徐渭的《四声猿》，是值得一提的。《中山狼》骂尽了一批忘恩负义、人面兽心的坏人，也提示了对敌斗争不能存有丝毫仁慈的道理。且看它最后一折东郭先生的唱词：

〔雁儿落〕俺为他冲寒忍肚饥，俺为他胆颤心惊碎。把他来无情认有情，博得个冷气淘热气。

等到老丈人把狼骗进囊里，缚了起来，教东郭先生赶紧抽出佩刀，把狼杀掉。东郭先生还是这样说：

丈人！只都是俺的晦气。那中山狼且放他去罢！

那老丈人拍拍掌，笑了起来，一边说：

这般负恩的禽兽，还不忍杀害他。虽然是你一念的仁心，却不做了愚人么？

东郭先生不胜感慨地说：

丈人！那世上负恩的尽多，何止这一个中山狼么？

接着又唱：

〔沽美酒〕休道是这贪狼反面皮，俺只怕尽世里把心亏。少什么短箭难防暗里随，把恩情翻成仇敌，只落得自伤悲。

康海是一个豪放派的散曲作家。徐渭才华超迈，对戏曲也有深入的了解。但杂剧到了元末、明初，已成强弩之末，虽有豪杰之士，也就很难超出前人。所以讲到这一行，自然只有元初期的作家才是值得学习的。

第十章　论明清传奇

“传奇”这一名称和它的实质有过多次变化。唐人把短篇小说叫做传奇；宋、元人的诸宫调和杂剧，在当时也都有过传奇的名目。王国维在《宋元戏曲考》的《余论》中考证得很详细。把剧本的篇幅较长者称作传奇，与杂剧对立，是在明代开始。清乾隆间，黄文旸编《曲海总目》，分宋、元以来剧本为杂剧、传奇两类；这传奇的名称，才专为大本戏曲所独有。但在王国维著《曲录》中又把董解元《西厢》和王伯成《天宝遗事》两本诸宫调以及王实甫《西厢记》五本杂剧，都归入传奇类，是不很妥当的。

一般研究传奇剧本的，首先总得数到高则诚的《琵琶记》。则诚是永嘉平阳（今浙江温州）人，而永嘉实为南戏的发源地。祝允明《猥谈》说：“南戏出于宣和之后，南渡之际，谓之温州杂剧。”到了元代，南戏和北杂剧并行。高则诚写《琵琶记》，当在元至正十六年（公元1356年）以后。它和所谓四大传奇的“荆、刘、拜、杀”，时代相差不远。《琵琶记》写的是赵五娘和蔡伯喈的故事。在第一出的下场诗中有“有贞有烈赵贞女，全忠全孝蔡伯喈”的句子，宣扬了封建道德，是该批判的。但它的结构和描写手法，艺术性是相当高的。它善于运用朴素的语言，借赵五娘的口，反映出了封建社会无数善良妇女的悲惨命运。例如《糟糠自厌》一出中赵五娘唱：

〔孝顺歌〕呕得我肝肠痛，珠泪垂，喉咙尚兀自牢嗄住。糠那！你遭砻被舂杵，筛你，簸扬你，吃尽控持。好似奴家身狼狈，千辛万苦皆经历。苦人吃着苦味，两苦相逢，可知道欲吞不去。

〔前腔〕糠和米本是相依倚，被簸扬作两处飞。一贱与一贵，好似奴家与夫婿，终无见期。丈夫，你便是米呵！米在他方没寻处。奴家恰便似糠呵！怎的把糠来救得人饥馁？好似儿夫出去，怎的教奴供膳得公婆甘旨？

〔前腔〕思量我生无益，死又值甚的？不如忍饥死了为怨鬼。只一件，公婆老年纪，靠奴家相依倚。只得苟活片时。片时苟活虽容易，到底日久也难相聚。漫把糠来相比。这糠呵，尚兀自有人吃。奴家的骨头，知他埋在何处！

还有《祝发买葬》一出中赵五娘唱：

〔梅花塘〕卖头发，买的休论价。念我受饥荒，囊箧无些个。丈夫出去，那堪连丧了公婆！没奈何，只得剪头发资送他。呀，怎的都没人买？

〔香柳娘〕看青丝细发，看青丝细发，剪来堪爱，如何卖也没人买！这饥荒死丧，这饥荒死丧！怎叫我女裙钗，当得恁狼狈？况连朝受馁，况连朝受馁！我的脚儿怎抬？其实难捱。

〔前腔〕往前街后街，往前街后街，并无人睬。我待再叫一声，咽喉气噎，无如之奈！苦！我如今便死，我如今便死。暴露两尸骸，谁人与遮盖？天那，我到底也只是个死！将头发去卖，将头发去卖。卖了把公婆葬埋，奴便死何害！

这些话写来都相当真实，只是用韵很杂，大概夹了不少方音吧。再者它在另一环境中的描写，却又风流旖旎，采藻缤纷。例如《中秋望月》一出中，蔡伯喈和牛小姐递唱：

〔念奴娇引〕（贴上）楚天过雨，正波澄木落，秋容光净。谁驾玉轮来海底？碾破琉璃千顷。环佩风清，笙箫露冷，人在清虚境。（净、丑）真珠帘卷，庾楼无限佳兴。

〔念奴娇序〕（贴）万里长空，见婵娟可爱，全无一点纤凝。十二阑干光满处，凉浸珠箔银屏。偏称，身在瑶台，笑斟玉斝，人生几见此佳景？（合）唯愿取年年此夜，人月双清。

〔前腔〕（生）孤影，南枝乍冷。见乌鹊缥缈惊飞，栖止不定。万点苍山，何处是修竹吾庐三径？追首，丹桂曾攀，嫦娥相爱，故人千里漫同情。（合）唯愿取年年此夜，人月双清。

〔古轮台〕（净）闲评，月有圆缺阴晴。人世上有离合悲欢，从来不定。深院闲庭，处处有清光相映。也有得意人人，两情畅咏。也有独守长门伴孤另，君恩不幸。（丑）有广寒仙子娉婷，孤眠长夜，如何捱得更阑寂静！此事果无凭。但愿人长久，小楼玩月共同登。

〔馀文〕（众）声哀诉，促织鸣。（贴）俺这里欢娱未罄。（生）他几处寒衣织未成。

把这几段清丽辞句与赵五娘唱的朴素语言相比，恰恰映出两种不同环境、两种异样心情。王世贞说得好："则诚所以冠绝诸剧者，不唯其琢句之工，使事之美而已。其体贴人情处，委曲必尽，描写物态，仿佛如生，问答之际，了不见扭造，所以佳耳。"（《艺苑卮言》）在南曲传奇中，《琵琶记》自有其存在价值。近人多据陆游《小舟游近村舍舟步归》诗"斜阳古柳赵家庄，负鼓盲翁正作场。身后是非谁管得，满村听说蔡中郎"，认为这故事是南宋以来民间的说唱文学，高则诚不过在集体创作的基础上，予以加工，改编为传奇而已。这说法，也是合乎情理的。

四大传奇中的《荆钗记》为明宁王朱权作，《刘知远》即《白兔记》为无名氏作，《拜月亭》即《幽闺记》为元末施惠（君美）作，《杀狗记》为明初徐畛（仲田）作，并见汲古阁刊《六十种曲》中。《幽闺记》演的是金、元间蒋世隆和他的妹子瑞莲以及王尚书的女儿瑞兰，遭兵乱散失，最后终得团圆的故事。因全本内有《幽闺拜月》一出，所以又叫《拜月记》。它是沿袭关汉卿《拜月亭》杂剧写成的。且看它的《相泣路歧》一折：

〔渔家傲〕（老旦）天不念去国愁人助惨凄，淋淋的雨若盆倾，风如箭疾。（旦）侍妾从人皆星散，各逃生计。（合）身居处华屋高堂，但寻常珠绕翠围，那曾经地覆天翻受苦时！（老旦）孩儿，天雨淋漓，人迹稀走。两条路不知往那一条去？

〔剔银灯〕迢迢路不知是那里？前途去，安身何处？（旦）一点点雨间着一行行凄惶泪，一阵阵风对着一声声愁和气。（合）云低，天色傍晚，子母命存亡兀自尚未知。

〔摊破地锦花〕（旦）绣鞋儿，分不得帮和底，一步步提，百忙里褪了跟儿。（老旦）冒雨荡风，带水拖泥。（合）步难移，全没些气和力。

试把这几支曲子与关作《拜月亭》杂剧中的一支曲子作个比较：

〔油葫芦〕分明是风雨催人辞故国，行一步，一叹息。两行愁泪脸边垂。一点雨间一行凄惶泪，一阵风对一声长吁气。啦！百忙里一步一撒。嗨！索与他一步一提。这一对绣鞋儿分不得帮和底。稠紧紧、粘软软，带着淤泥。

我觉得关作更是简练有力。但在舞台上的命运，施本却长远得多。南曲、北曲互为消长，是和社会风气有着不可分割的关系的。

明代最杰出的传奇作家，当推汤显祖。显祖生当弋阳腔衰微之后，昆山腔渐盛之时。他创作了《紫箫记》、《紫钗记》、《还魂记》、《南柯记》、《邯郸记》等五本传奇；后四本又合称《玉茗堂四梦》。他是不太拘守声律的，尝说："余意所至，不妨拗折天下人嗓子。"（王骥德《曲律》卷四）王骥德也说过："临川（汤为江西临川人）尚趣，直是横行，组织之工，几与天孙争巧；而屈曲聱牙，多令歌者齰舌。"（王骥德《曲律》）与汤显祖同时的作家，有吴江沈璟，恰是特别考究声律的。两人立于相对地位，而在传奇剧本上的成就和作品演出的盛况，沈是远远赶不上汤的。显祖当时写了这许多本传奇，究竟用的什么腔来演唱，现在已经不易查考。据他写的《宜黄县戏神清源师庙记》："南则昆山之次为海盐，吴、浙音也。其体局静好，以拍为之节。江以西弋阳，其节以鼓，其调喧。至嘉靖而弋阳之调绝，变为乐平，为徽青阳。我宜黄谭大司马纶闻而恶之。自喜得治兵于浙，以浙人归教其乡子弟，能为海盐声。大司马死二十余年矣，食其技者殆千余人。"（《玉茗堂文集》卷七）从这一段文章中，可以看出显祖是爱好海盐腔的；而那时宜黄一带的演剧艺人，以唱海盐腔为专业的竟达千人以上。那末，汤作传奇的演出，主要怕是用的海盐腔吧？在徐渭的《南词叙录》里，说到当时各种腔调的流行区域：“今唱家称弋阳腔，则出于江西，两京、湖南、闽、广用之；称余姚腔者，出于会稽，常、润、池、太、扬、徐用之；称海盐腔者，嘉、湖、温、台用之。唯昆山腔只行于吴中，流丽悠远，出乎三腔之上，听之最足荡人。”照徐渭的说法，弋阳腔在当时流行的广远和影响的重大，简直没有任何剧种比得上它；但汤显祖却说“至嘉靖而弋阳之调绝”，这不是怪事吗？文化交流，一切都在不断地变。弋阳腔出于江西，移植于两京、湖南、闽、广，而江西的弋阳腔反而早告断绝，同时却输入了海盐腔。昆山腔大约出于明成化以后（即公元1465年之后），而它的创作者魏良辅，原籍豫章（今江西南昌），寄居太仓南关。说不定他所创的新腔，还是从弋阳腔的基础上，结合昆山地方原有的腔调发展起来的。余怀《寄畅园闻歌记》说：“南曲盖始于昆山魏良辅。良辅初习北音，绌于北人王友山，退而镂心南曲，足迹不下楼者十年。当是时，南曲率平直无意致。良辅转喉押调，度为新声，疾徐、高下、清浊之数，一依本宫。取字齿唇间，跌换巧掇，恒以深邈助其凄戾。吴中老曲师如袁髯、尤驼辈，皆瞠乎自以为不及也。”（《虞初新志》卷四）梁辰鱼的《浣纱记》，就是第一部用昆山腔演出的。至于《还魂记》的排入昆腔，曾被沈璟改换字句，引起作者的不满。原来南曲对声律方面，是比较自由的。据徐渭《南词叙录》：“永嘉杂剧兴，则又即村坊小曲而为之，本无宫调，亦罕节奏，徒取其畸农、市女顺口可歌而已。”显祖致力于元杂剧，打的基础很深。但他是南方人，当然要受南戏的影响。他所以不太考究声律，是不以声害辞，不以辞害意，神明变化于规矩绳墨之中，而不被声律所束缚。《四梦》所以盛行，自有它的独特所在。

汤显祖的五本传奇，以《牡丹亭还魂记》流传最广，影响最大。梁廷枏《曲话》说：“《玉茗四梦》，《牡丹亭》最佳，《邯郸》次之，《南柯》又次之，《紫钗》则强弩之末耳。”《牡丹亭还魂记》演的是柳梦梅和杜丽娘的恋爱故事。作者在《牡丹亭记题词》中说：“情不知所起，一往而深。生者可以死，死者可以生。生而不可与死，死而不可复生者，皆非情之至也。”他塑造了一个具有个性解放思想以与

封建婚姻制度相对抗的杜丽娘的形象。由于杜丽娘富有这种反抗精神，以致环绕在她身边的封建人物，包括她的父亲杜宝和那由她父亲找来的迂腐先生陈最良，都不能阻遏她的“一往而深”的爱情。由生而死，由死返生，构成凄丽奇幻的格局，细致而深刻地反映了剧中人那种强烈追求个性解放的反封建思想。它的感染力的强大，是从关汉卿、王实甫以来，没有任何人的作品比得过的。尽管它有不少“拗嗓”的字句，但在昆腔中仍不断演出，直到现在，还为听众所欢迎。且看它的《惊梦》一出：

〔绕地游〕（旦上）梦回莺啭，乱煞年光遍。人立小庭深院。（贴）炷尽沉烟，抛残绣线，恁今春关情似去年。

〔步步娇〕（旦）袅晴丝吹来闲庭院，摇漾春如线。停半晌整花钿，没揣菱花，偷人半面，迤逗的彩云偏。（行介）步香闺怎便把全身现？

〔醉扶归〕你道翠生生出落的裙衫儿茜，艳晶晶花簪八宝填。可知我常一生儿爱好是天然？恰三春好处无人见，不提防沉鱼落雁鸟惊喧，则怕的羞花闭月花愁颤。

〔皂罗袍〕原来姹紫嫣红开遍，似这般都付与断井颓垣。良辰美景奈何天，赏心乐事谁家院。（合）朝飞暮卷，云霞翠轩；雨丝风片，烟波画船。锦屏人忒看的这韶光贱。

〔好姐姐〕（旦）遍青山啼红了杜鹃，荼蘼外烟丝醉软。春香呵，牡丹虽好，他春归怎占的先？（贴）成对儿莺燕呵。（合）闲凝盼，生生燕语明如剪，呖呖莺声溜的圆。

〔隔尾〕（旦）观之不足由他缱，便赏遍了十二亭台是枉然，到不如兴尽回家闲过遣。

这是杜丽娘带着春香游花园时的几段唱词，把一个深闺少女的曲折心情和妍美姿态，都很细致地描画出来了。再看它的《寻梦》：

〔江儿水〕（旦）偶然间心似缱，梅树边。这般花花草草由人恋，生生死死随人愿，便酸酸楚楚无人怨。待打并香魂一片，阴雨梅天，守的个梅根相见。

〔川拨棹〕（贴）你游花院，怎靠着梅树偃？（旦）一时间望眼连天，一时间望眼连天，忽忽地伤心自怜，（泣介）（合）知怎生情怅然？知怎生泪暗悬？

这是杜丽娘在梦见柳梦梅后，重到花园，追寻梦境时唱的。她的深情一往，就把生死置之度外，只要称得自己的心愿，那便受尽千般酸楚，也都无所谓了。

整本的《还魂记》，以《惊梦》、《寻梦》、《写真》、《诊祟》、《闹殇》五出，描写从生到死；以《魂游》、《幽媾》、《欢挠》、《冥誓》、《回生》五出，描写从死到生。它那结构的精密，语言的生动，是早有定论的。这里只略举一鳞片爪而已。

梁辰鱼的《浣纱记》，演的是吴、越兴亡故事，把范蠡、西施作为中心人物，在昆曲中也很流行。据朱彝尊说："伯龙（辰鱼字）雅擅词曲，所撰《江东白苎》，妙绝时人。时邑人魏良辅，能喉转音声，始改弋阳、海盐为昆腔。伯龙填《浣纱记》付之。"（《静志居诗话》）从这段话里，可看出这本《浣纱记》是昆剧最初演出的一本传奇，也就难怪它的影响之大。但比起汤显祖的《还魂记》来，是大为逊色的。且看《放归》一出中勾践夫妇及范蠡的唱词：

〔鹊桥仙〕（小生扮勾践上）春雷地奋，愁云风卷，寒暑人间流转。年年梁燕一回家，笑几载不归的勾践。（贴扮夫人）江山不改，容颜全变。试问愁眉深浅？（生扮范蠡）一朝羁鹤透笼飞，还又到蓬莱宫殿。

〔甘州歌〕（生）钱塘云水连。见片帆东渡，顺流如箭。江山依旧，只有那世故推迁。酸辛须记尝粪耻，劳苦休忘养马年。你浮苦海，涉大川，千重浪里得回船。身虽辱，志要坚，虎头燕颔岂徒然？

像勾践这样一个“卧薪尝胆”的英雄人物，在忍辱放归之后，竟与范蠡只唱出这样几句歌词来，便显得十分软弱无力。其他亦不过有些清丽的辞藻而已。

此外，明代传奇，还有张凤翼的《红拂记》，徐复祚的《红梨记》，梅鼎祚的《玉合记》，苏复的《金印记》，邵璨的《香囊记》，陆采的《明珠记》和《南西厢记》，汪廷讷的《种玉记》，周朝俊的《红梅记》，屠隆的《昙花记》，单本的《蕉帕记》，高濂的《玉簪记》，孙仁孺的《东郭记》，阮大铖的《燕子笺》和《春灯谜》，吴炳的《绿牡丹》和《情邮记》，都是比较优秀的作品。《玉簪记》和《燕子笺》，在昆剧和其他剧种中，现在还常演出。《玉簪记》演的是宋代女贞观尼陈妙常和书生潘法成（必正）的恋爱故事，其中《寄弄》一出，是非常有名的。

〔懒画眉〕（生）月明云淡露华浓，攲枕愁听四壁蛩。伤秋宋玉赋西风。落叶惊残梦，闲步芳尘数落红。

〔前腔〕（旦）粉墙花影自重重，帘卷残荷水殿风。抱琴弹向月明中。香袅金猊动，人在蓬莱第几宫？

〔前腔〕（生）步虚声度许飞琼，乍听还疑别院风。凄凄楚楚那声中，谁家夜月琴三弄？细数离情曲未终。

〔前腔〕（旦）朱弦声杳恨溶溶，长叹空随几阵风。仙郎何处入帘栊？早是人惊恐，莫不是为听云水声寒一曲中？

接着，两人各弹琴一曲，并吟琴曲：

（生）雉朝雊兮清霜，惨孤飞兮无双。念寡阴兮少阳，怨鳏居兮徬徨。——《雉朝飞》

（旦）烟淡淡兮轻云，香霭霭兮桂阴。叹长宵兮孤冷，抱玉兔兮自温。——《广寒游》

这同调对唱的形式，本来就安排得很好，加上清艳的词藻，更是切合剧中人身份。再如《姑阻》一出：

〔月儿高〕（旦）松梢月上，又早钟儿响。人约黄昏后，春暖梅花帐。倚定栏干，悄悄的将他望。猛可的花影动，我便觉心儿痒。呸，原来又不是他！那声音儿是风戛帘钩声韵长，那影子儿是鹤步空庭立那厢。

〔前腔〕（生）梦回罗帐，睡起魂飘荡。才见云窗月，心到阳台上。静掩书斋，月下门偷傍。三春花信曾有约，七夕渡河人又来。（下）

（老旦上）欲觅闲消息，须教悄地来。夜深人不见，书馆把门开。……必正侄儿在那里？（生上）忽听得花间语，把小鹿儿在心头撞。姑娘拜揖。（老旦）书到不读，却往那里行走？（生）在亭子上乘凉。为爱闲庭风露凉。（老旦）为何这等慌张？（生）失候尊前心意忙。

在潘必正正待悄悄赴约的紧要关头，却被他的姑妈老尼姑遇着了，弄得非常狼狈。这两支曲子，对剧中人的心理刻画也是相当成功的。

总之，明代剧作家，最喜搬弄词藻。尤其是江南人的作品，更斤斤于声律的苛求，只讲排场，脱离现实。昆曲的卒归衰敝，与剧本的文句艰深，内容空泛，确是不无关系的。

清初传奇，共推“南洪北孔”为两大作家。孔尚任的《桃花扇》借秦淮歌女李香君和复社文人侯方域的恋爱故事，反映南明统治阶级的腐朽，招致了亡国的惨祸，是富有爱国主义思想的一个好剧本。作者的朋友顾彩在序文中说：“可以当长歌，可以代痛哭。”这样一本历史剧，也可以说是前无古人的。它写得最沉痛的，要算第三十八出的《沉江》。史可法在固守扬州、兵败援绝之后，走到扬子江边，听了一个从南京逃出的老赞礼说起南京的混乱情形，他绝望了，准备投江自杀，一面唱着：

〔普天乐〕撇下俺断篷船，丢下俺无家犬。叫天呼地千百遍，归无路，进又难前。那滚滚雪浪拍天，流不尽湘累怨。胜黄土，一丈江鱼腹宽展。摘脱下袍靴冠冕。累死英雄，到此日看江山换主，无可留恋！

接着就跑向滚滚怒涛中去了。恰巧侯朝宗和吴应箕、陈贞慧也来到了江边，向老赞礼问明了这事，大家向着衣冠拜哭了一会，合唱：

〔古轮台〕走江边，满腔愤恨向谁言！老泪风吹面。孤城一片，望救目穿。使尽残兵血战。跳出重围，故国苦恋。谁知歌罢剩空筵！长江一线，吴头楚尾路三千，尽归别姓。雨翻云变，寒涛东卷，万事付空烟。精魂显，《大招》声逐海天远。

〔馀文〕山云变，江岸迁。一霎时忠魂不见，寒食何人知墓田！

就在这淋漓慷慨的痛哭声中，结束了朱明三百年的天下！最后，两位艺人苏昆生、柳敬亭分作渔、樵，隐迹栖霞山中。先由柳敬亭编了一首叫做《秣陵秋》的弹词，全用七言歌行体，唱出了对南明倾覆的沉痛心情。接着苏昆生编成一套叫做《哀江南》的北曲，用弋阳腔唱：

〔北新水令〕山松野草带花挑，猛抬头秣陵重到。残军留废垒，瘦马卧空壕。村郭萧条，城对着夕阳道。

〔驻马听〕野火频烧，护墓长楸多半焦。山羊群跑，守陵阿监几时逃？鸽翎蝠粪满堂抛，枯枝败叶当阶罩。谁祭扫？牧儿打破龙碑帽。

〔沉醉东风〕横白玉八根柱倒，堕红泥半堵墙高。碎琉璃瓦片多，烂翡翠窗棂少。舞丹墀燕雀常朝。直入宫门一路蒿，住几个乞儿饿殍。

〔折桂令〕问秦淮旧日窗寮，破纸迎风，坏槛当潮，目断魂消。当年粉黛，何处笙箫？罢灯船端阳不闹，收酒旗重九无聊。白鸟飘飘，绿水滔滔。嫩黄花有些蝶飞，新红叶无个人瞧。

〔沽美酒〕你记得跨青溪半里桥，旧红板没一条。秋水长天人过少。冷清清的落照，剩一树柳弯腰。

〔太平令〕行到那旧院门，何用轻敲，也不怕小犬哰哰。无非是枯井颓巢，不过些砖苔砌草。手种的花条柳梢，尽意儿采樵。这黑灰是谁家厨灶？

〔离亭宴带歇指煞〕俺曾见金陵玉殿莺啼晓，秦淮水榭花开早。谁知道容易冰消！眼看他起朱楼，眼看他宴宾客，眼看他楼塌了。这青苔碧瓦堆，俺曾睡风流觉。将五十年兴亡看饱。那乌衣巷不姓王，莫愁湖鬼夜哭，凤凰台栖枭鸟。残山梦最真，旧境丢难掉。不信这舆图换稿！

诌一套《哀江南》，放悲声唱到老。

这一套凭吊兴亡的唱词，着眼在“不信这舆图换稿”七个字，唤醒了多少爱国人士的民族意识！这个剧本，所演的都是真人真事，穿插结构，煞费经营，它在戏曲史上的地位，是不会动摇的。

洪升写的剧本很多：杂剧有《天涯泪》、《青山湿》、《四婵娟》；传奇有《回文锦》、《回龙记》、《锦绣图》、《闹高唐》、《节孝坊》等。最成功的作品，要数《长生殿》。《长生殿》演的是唐明皇（李隆基）和杨贵妃（玉环）的故事。作者费了十多年的时间，大改了三次才定稿，连名称也由《沉香亭》改作《舞霓裳》，最后才定作《长生殿》。这个剧本，借历史故事揭露了封建统治阶级的腐朽荒淫生活，有的地方也隐藏着一些民族意识及对劳动人民的同情心。在《进果》一出中，有一个老农夫唱道：

〔十棒鼓〕田家耕种多辛苦！愁旱又愁雨。一年靠这几茎苗，收来半要偿官赋，可怜能得几粒到肚！每日盼成熟，求天拜神助。

这为两千年来呻吟在封建剥削制度下的农民，吐出了多少苦水！在《骂贼》一出中，借乐工雷海青的口，大骂了那一批附逆求荣的士大夫：

〔上马娇〕平日价张着口将忠孝谈，到临危翻着脸把富贵贪。早一齐儿摇尾受新衔，把一个君亲仇敌当作恩人感。咱，只问你，蒙面可羞惭？

而且对安禄山有“恨子恨泼腥膻莽将龙座渰，癞虾蟆妄想天鹅啖”的辱骂。这对入关不久的清王朝，确有一些冷嘲热讽的弦外之音。作者的潦倒终身，是与他这种潜伏的民族意识有着不可分割的关系。至于整个剧本的布局遣词，安排得异常妥帖，所以在昆剧中一直到现在还在演出。其中的《弹词》一出，由流落江南的梨园老伶工李龟年，用《九转货郎儿》把天宝遗事作了一个总结。他唱着：

〔三转〕那娘娘生得来仙姿佚貌，说不尽幽闲窈窕。真个是花输双颊柳输腰，比昭君增妍丽，较西子倍风标，似观音飞来海峤，恍嫦娥偷离碧霄。更春情韵饶，春酣态娇，春眠梦悄。总有好丹青，那百样娉婷难画描。

〔四转〕那君王看承得似明珠没两，镇日里高擎在掌。赛过那汉宫飞燕倚新妆。可正是玉楼中巢翡翠，金殿上锁着鸳鸯。宵偎昼傍，直弄得个伶俐的官家颠不剌、懵不剌，撇不下心儿上。弛了朝纲，占了情场，百支笔写不了风流帐。行厮并，坐厮当。双，赤紧的倚了御床，博得个月夜花朝同受享。

〔五转〕当日呵，那娘娘在荷亭把宫商细按，谱新声将《霓裳》调翻。昼长时亲自教双鬟。舒素手，拍香檀，一字字都吐自朱唇皓齿间。恰便似一串骊珠声和韵闲，恰便似莺与燕弄关关，恰便似鸣泉花底流溪涧，恰便似明月下泠泠清梵，恰便似缑岭上鹤唳高寒，恰便似步虚仙珮夜珊珊。传集了梨园部、教坊班，向翠盘中高簇拥着个娘娘，引得那君王带笑看。

〔六转〕恰正好呕呕哑哑《霓裳》歌舞，不提防扑扑突突渔阳战鼓。刬地里出出律律、纷纷攘攘奏边书，急得个上上下下都无措。早则是喧喧嗾嗾、惊惊遽遽、仓仓卒卒、挨挨拶拶出延秋西路，銮舆后携着个娇娇滴滴贵妃同去。又只见密密匝匝的兵，恶恶狠狠的语，闹闹炒炒、轰轰剨剨，四下喳呼。生逼散恩恩爱爱、疼疼热热帝王夫妇。霎时间画就了这一幅惨惨凄凄绝代佳人绝命图。

〔七转〕破不剌马嵬驿舍，冷清清佛堂倒斜。一代红颜为君绝，千秋遗恨滴罗巾血。半棵树是薄命碑碣，一抔土是断肠墓穴。再无人过荒凉野，莽天涯谁吊梨花谢！可怜那抱幽怨的孤魂，只伴着呜咽咽的望帝悲声啼夜月。

这把明皇和杨妃的悲欢离合，前后对照起来，隐约地谴责了明皇的荒淫昏聩，对杨妃却寄以无限的同情和悼惜。这是符合历史真实的。

除了这两部作品外，还有李渔的《笠翁十种曲》和蒋士铨的《藏园九种曲》是比较有名的。随着乾隆以后昆腔的逐渐衰落，传奇剧本也就成为尾声了。

下编 论法式

第十一章　论平仄四声在词曲结构上的安排和作用

词和曲都是所谓“倚声之学”。它的字句，全要依照曲调的抑扬高下，予以妥善安排。汉民族语言，照着每个单字的发音次第，都可读出四种不同的音调。但这四声，因为时代和地域的关系，并不是一成不变的。一般把《唐韵》系统的平、上、去、入和《中原音韵》系统的阴平、阳平、上、去都叫做四声；又简化为平、仄两类，作为审音缀辞的标准。词和曲就是遵照这个标准，适应各个不同曲调的节奏，来作安排的。

字调有刚柔、长短、轻重之分。把每个不同性质的单字连缀成为一个句子，用来表达起伏变化的思想情感而恰如其分，便能使听者发生美感而引起共鸣。这便是平仄四声在“倚声填词”方面的主要作用。

这平仄四声的错综使用，为了表达喜、怒、哀、乐的不同情感，该作不同样的安排，也就是要取得和谐和拗怒的矛盾的统一。在汉民族诗歌形式的发展中，只有词和曲，才达到了这种境地。

词、曲的声韵组织，是从唐人近体诗的基础上发展起来的。近体诗的平仄安排，是两平两仄相间而以双字为准则的。有如下列四式：

（甲）五言仄起式：

仄仄平平仄，平平仄仄平。平平平仄仄，仄仄仄平平。

（乙）五言平起式：

平平平仄仄，仄仄仄平平。仄仄平平仄，平平仄仄平。

（丙）七言仄起式：

仄仄平平平仄仄，平平仄仄仄平平。平平仄仄平平仄，仄仄平平仄仄平。

（丁）七言平起式：

平平仄仄平平仄，仄仄平平仄仄平。仄仄平平平仄仄，平平仄仄仄平平。

如果第一句就押韵，那末，甲式该改作仄仄仄平平，乙式该改作平平仄仄平，丙式该改作仄仄平平仄仄平，丁式该改作平平仄仄仄平平。我们看了这四个方式，它的平仄安排，是两两相间，各占半数的。这就是“刚柔迭用”，取得整个声调的和谐。和谐是美听的主要条件，所以照上面四种格式来写诗歌，不管它的内容怎样，吟诵起来，总会发生高低抑扬的节奏美的。

词和曲都用长短参差的句子，韵位的疏密也不一致。它的组织形式，要比近体诗复杂而又进步得多。但在每个句子的平仄安排上，仍是以和谐为原则的。除了《杨柳枝》、《浪淘沙》、《竹枝词》等原用七言四句，与七言近体诗几乎完全一样外，有的只是加减近体诗的句数，或者把长短不齐的句子错综使用着；而在句子中的平仄安排，原则是不变的。例如皇甫松的《梦江南》：

兰烬落，屏上暗红蕉。闲梦江南梅熟日，夜船吹笛雨潇潇，人语驿边桥。

这是杂用三、五、七言组成的形式。除句脚字的平仄不能随便变动外，五言句只第一字，七言句只第一、三两字可平可仄，这还是遵照近

体诗逢双必论的原则来安排的。又如韦庄的《浣溪沙》：

夜夜相思更漏残，伤心明月凭阑干，想君思我锦衾寒。

咫尺画堂深似海，忆来惟把旧书看，几时携手入长安？

这完全是两首七言绝句的形式，不过减四句为三句而已。又如欧阳修的《浪淘沙》：

把酒祝东风，且共从容。垂杨紫陌洛城东。总是当年携手处，游遍芳丛。　聚散苦匆匆，此恨无穷。今年花胜去年红。可惜明年花更红，知与谁同？

这是杂用四、五、七言组成的形式。它的情调比较迫促而带有感伤气氛，是由于韵密的缘故；而每个句子中的平仄安排，仍然是十分和谐的。这是平韵小令，它那和谐的音节和不尽的余韵，是与近体律、绝相仿的。

唐、宋词的仄韵小令，虽然在每个句子中的平仄安排，也和平韵小令相仿，是两平两仄错综互用；但由于句脚字多用仄声，往往构成一种拗怒的情调，吟唱起来，就要发生一种激越凄壮的感觉。且看范仲淹的《御街行》：

纷纷坠叶飘香砌。夜寂静，寒声碎。真珠帘卷玉楼空，天淡银河垂地。年年今夜，月华如练，长是人千里。　　愁肠已断无由醉。酒未到，先成泪。残灯明灭枕头攲，谙尽孤眠滋味。都来此事，眉间心上，无计相回避。

这是杂用三、四、五、六、七言组成的形式。在每个句子中的平仄安排，除了“夜寂静”和“酒未到”两句全用仄声，感到生硬外，其余也都是平仄相间，音节和谐的。但从整个的结构来看，除了“真珠帘卷玉楼空”和“残灯明灭枕头攲”两句都是平收，与下一句的仄收连起来，仍然感到高低抑扬的谐婉音节外，其余的句子全用仄收。这就构成一种拗怒的音节，适宜表达悲凉怨慕的柔情。再看李清照的《一剪梅》：

红藕香残玉簟秋。轻解罗裳，独上兰舟。云中谁寄锦书来？雁字回时，月满西楼。　　花自飘零水自流。一种相思，两处闲愁。此情无计可消除，才下眉头，却上心头。

这最末的三个句子，和范仲淹的“都来此事，眉间心上，无计相回避”，不但内容相仿，连字面也差不多；但在音节上说来，两者是截然殊致的。这内容和形式的关系，是与字调的安排分不开的。

要想构成每个句子中的和谐音节，必得两平两仄交互使用，这是一个原则性的问题。但在整体中，又常是应用“奇偶相生”的法则，每一个曲调，总得用上一些对称的句子。在这一类构成对称的形式中，如果它的相当地位不是平仄交互使用，就会构成拗怒的音节。这对表达起伏变化的不同情感，有着非常重大的关系。不论在小令或长调中，都随手可以找出许多例证来。凡是适宜表达激昂豪壮的思想感情的曲调，它的平仄安排，就得注意和谐与拗怒的矛盾的统一。例如辛弃疾的《破阵子》：

> 醉里挑灯看剑，梦回吹角连营。八百里分麾下炙，五十弦翻塞外声，沙场秋点兵。　　马作的卢飞快，弓如霹雳弦惊。了却君王天下事，赢得生前身后名，可怜白发生！

这个调子的上、下阕，完全是相同的。两个六言句和两个七言句都构成了对称的形式。但六言偶句的平仄安排是和谐的，七言偶句的平仄安排却是拗怒的。前者构成舒缓的情调，后者构成激越的情调。这就与它所表达的激壮慷慨的思想感情，恰如其分地紧密结合起来，使人感到作者的英雄气概，跃然纸上。这种拗怒音节，是表现在句子中间的。长调中的《水调歌头》，所以适宜表达豪放悲壮的思想感情，也是属于这一类的。例如苏轼作：

明月几时有？把酒问青天。不知天上宫阙，今夕是何年？我欲乘风归去，惟恐琼楼玉宇，高处不胜寒。起舞弄清影，何似在人间？　　转朱阁，低绮户，照无眠。不应有恨，何事长向别时圆？人有悲欢离合，月有阴晴圆缺，此事古难全。但愿人长久，千里共婵娟。

这上半阕的四个五言句和下半阕的两个五言句，拗怒都在句中；上、下阕的四个六言句，拗怒兼及句脚。这是就对称句来说的。在单独一个句子中，有如“明月几时有”的“几”字，“起舞弄清影”的“弄”字，都用仄声；“不知天上宫阙”的“上”字、“阙”字，“何事长向别时圆”的“事”字、“向”字，都在偶数上连用仄声，也都具有拗怒的感觉，能够把语调振作起来，特别显得有力。在这一个调子中，有了这许多音节拗怒的句子，该要感到不够和谐；但从整个的句脚字来看，却都是一仄一平交替着使用，这就使拗怒中有和谐，也就是矛盾的统一。所以这个调子的声情，能有清壮之美，显出刚柔相济的妙用。

还有拗怒音节表现在句脚的。一般适宜表达激壮感情的词调，大多数是如此。例如岳飞的《满江红》：

> 怒发冲冠，凭阑处、潇潇雨歇。抬望眼、仰天长啸，壮怀激烈。三十功名尘与土，八千里路云和月。莫等闲、白了少年头，空悲切。　　靖康耻，犹未雪。臣子恨，何时灭？驾长车踏破，贺兰山缺。壮志饥餐胡虏肉，笑谈渴饮匈奴血。待从头、收拾旧山河，朝天阙。

在这整个调子中，只有“冠”、“头”、“河”三字是安排在句脚的平声，其他的句脚字全是仄声；尤其是偶句用仄声收脚，就好像是硬碰硬，没有调和的余地。但在每个句子中间的平仄安排，却是两两相间，显得和谐美听的。还有《桂枝香》、《贺新郎》、《念奴娇》、《永遇乐》、《水龙吟》这些词调，也是适宜表达这类感情的，所以苏、辛一派豪放词人都乐于选用。且看辛弃疾写的《贺新郎》：

把酒长亭说：看渊明、风流酷似，卧龙诸葛。何处飞来林间鹊？蹙踏松梢微雪。要破帽、多添华发。剩水残山无态度，被疏梅料理成风月。两三雁，也萧瑟。　　佳人重约还轻别。怅清江、天寒不渡，水深冰合。路断车轮生四角，此地行人销骨。问谁使、君来愁绝？铸就而今相思错，料当初费尽人间铁。长夜笛，莫吹裂。

在这整个调子中，句脚全部用仄声字，就自然构成拗怒的音节。还有许多着重在头一字的句法，这种奇数字由于句法的变化，必得选用仄声，最好是去声，才能够提挈下文，振起有力。例如“看”、“要”、“被”、“怅”、“问”、“料”六字，是绝对不能改用平声的。又如辛作《念奴娇》：

野棠花落，又匆匆过了，清明时节。刬地东风欺客梦，一枕银屏寒怯。曲岸持觞，垂杨系马，此地曾轻别。楼空人去，旧游飞燕能说。　　闻道绮陌东头，行人长见，帘底纤纤月。旧恨春江流不尽，新恨云山千叠。料得明朝，尊前重见，镜里花难折。也应惊问，近来多少华发？

这上、下阕只两个四言对称句是用的和谐音节；其余的句脚字，除下片第一句外，全是仄声。这也就是它所以激壮的主要原因。又如辛作《永遇乐》：

千古江山，英雄无觅，孙仲谋处。舞榭歌台，风流总被，雨打风吹去。斜阳草树，寻常巷陌，人道寄奴曾住。想当年、金戈铁马，气吞万里如虎。　元嘉草草，封狼居胥（读上声），赢得仓皇北顾。四十三年，望中犹记，烽火扬州路。可堪回首，佛狸祠下，一片神鸦社鼓。凭谁问、廉颇（平）老矣，尚能饭否？

这里的句脚，只有“山”、“台”、“年”三字是平声，此外全收仄声字。上、下阕都是由缓转急，由和谐转拗怒。“气吞万里如虎”的“里”、“虎”两字在偶数上连用仄，也与《念奴娇》上、下阕结句用的拗法相同；不过这里押的是上、去声韵，使悲壮中带沉郁，与用入声韵的尽情发泄有所不同而已。又如辛作《水龙吟》：

楚天千里清秋，水随天去秋无际。遥岑远目，献愁供恨，玉簪螺髻。落日楼头，断鸿声里，江南游子。把吴钩看了，阑干拍遍，无人会，登临意。　　休说鲈鱼堪鲙，尽西风、季鹰归未？求田问舍，怕应羞见，刘郎才气。可惜流年，忧愁风雨，树犹如此！倩何人唤取，红巾翠袖，揾英雄泪？

这里除发端句的“秋”字、“落日楼头”的“头”字和“可惜流年”的“年”字是用的平声落脚，与紧接着的下一句连起来，音节比较和婉外，其余全是仄声落脚，而且多数是三句或四句才押一韵，显现出它那危苦急迫的神情。由于用的是上、去声韵，所以也只适宜于表达悲壮抑塞的情感。其中着重头一字的句子，如“把”、“尽”、“倩”、“揾”四字都有领起下文的作用，是绝对不能改用平声的。

这上面几个调子都是比较适宜表达豪情壮采或抑塞不平的感情的。所以它那平仄四声的安排，该以拗怒多于和谐为原则。

至于抒写缠绵哀婉的思想感情，那就该选用和谐或低抑的曲调。小令的例子，上面已经提到过了。长调最和婉的，莫过于《满庭芳》。例如秦观作：

碧水惊秋，黄云凝暮，败叶（入作平）零乱空阶。洞房人静，斜月照徘徊。又是重阳近也，几处处、砧杵声催。西窗下，风摇翠竹，疑是故人来。　　伤怀，增怅望，新欢易失，往事难猜。问篱边黄菊，知为谁开？漫道愁须殢酒，酒未醒、愁已先回。凭阑久，金波渐转，白露点苍苔。

这里，不但“碧水惊秋，黄云凝暮”和“新欢易失，往事难猜”，以及“篱边黄菊，知为谁开”三处的对偶句式，都是以平对仄，音节十分和谐；所有相连的句子，在相当地位，也是平仄互换，尤其是句脚，都是前仄后平，构成通体和谐的音节。所以，这一曲调特别适宜于表达舒徐和婉或温柔悱恻的思想感情。这里面还有一个“问”字领起下面两个四言句子，必得用仄声；“几处处、砧杵声催”和“酒未醒、愁已先回”是上三、下四句法，它的平仄安排，是该第五、第七两字平仄互用的。还有《风流子》和《望海潮》、《木兰花慢》等也都是异常和婉的调子，因为它在结构上是奇偶相生，音节上是平仄和谐的。例如周邦彦的《风流子》：

枫林凋晚叶，关河迥、楚客惨将归。望一川暝霭，雁声哀怨；半规凉月，人影参差。酒醒后，泪花消凤蜡，风幕卷金泥。砧杵韵高，唤回残梦；绮罗香减，牵起余悲。　　亭皋分襟地，难堪处、偏是掩面牵衣。何况怨怀长结，重见无期。想寄恨书中，银钩空满；断肠声里，玉箸还垂。多少暗愁密意，惟有天知。

上半阕以一个“望”字领下四个四言偶句，下半阕以一个“想”字领下四个四言偶句；还有上半阕的后半段，又是两个五言偶句，四个四言偶句。它的平仄安排都是合乎一般规律的。这“望一川暝霭”的仄仄平仄仄，在周作另一首是“羡金屋去来”，还有张耒作是“奈愁入庾肠”，都用仄平仄仄平，那音节就更加谐婉。换头句五字连用四个平声，就显得声情低抑，影响整个格调，绝不适宜于表达豪情壮采。柳永作《望海潮》：

东南形胜，三吴都会，钱塘自古繁华。烟柳画桥，风帘翠幕，参差十万人家。云树绕堤沙。怒涛卷霜雪，天堑无涯。市列珠玑，户盈罗绮竞豪奢。　　重湖叠巘清嘉。有三秋桂子，十里荷花。羌管弄晴，菱歌泛夜，嬉嬉钓叟莲娃。千骑拥高牙。乘醉听箫鼓，吟赏烟霞。异日图将好景，归去凤池夸。

这上面除了“沙”、“牙”两韵外，每个句子的落脚字几乎全是平仄递用，构成整体的和谐音节，适宜表现富丽繁华景象或雍容悦豫情态。又柳作《木兰花慢》：

拆桐花烂漫，乍疏雨，洗清明。正艳杏烧林，缃桃绣野，芳景如屏。倾城，尽寻胜去，骤雕鞍绀幰出郊坰。风暖繁弦脆管，万家竞奏新声。　盈盈，斗草踏青。人艳冶，递逢迎。向路傍往往，遗簪坠珥，珠翠纵横。欢情，对佳丽地，信金罍罄竭玉山倾。拚却明朝永日，画堂一枕春酲。

这里面除了“城”、“盈”、“情”三个短韵，表现繁音促节，可以增加欢乐气氛外，也几乎全是以平仄声递用为句脚，构成异常和美的情调。不过有些特殊的句法，如“拆桐花烂漫”是上一下四，“正”、“向”两字都是领下三个四言句，“骤”、“信”两字都是领下七言句，“尽寻胜去”和“对佳丽地”都是上一下三。这些句子都着重在第一个字，非用仄声不可，最好是去声字，才能振挈得起来。这个调子的声情，也是适宜表现壮丽欢娱情态的。

在音节谐婉的调子里，如果每个句子中用的平声字过多，或者句脚接着用两三个平声字，那它的音调就会趋向低沉，只合表达悱恻哀伤的情感，如上面所举李清照的《一剪梅》，即其一例。长调中如周邦彦的《忆旧游》：

> 记愁横浅黛，泪洗红铅，门掩秋宵。坠叶惊离思，听寒蛩夜泣，乱雨萧萧。凤钗半脱云鬓，窗影烛花摇。渐暗竹敲凉，疏萤照晓，两地魂销。　迢迢，问音信，道径底花阴，时认鸣镳。也拟临朱户，叹因郎憔悴，羞见郎招。旧巢更有新燕，杨柳拂河桥。但满目京尘，东风竟日吹露桃。

这“铅”、“宵”、“阴”、“镳”、“尘”、“桃”六个平声字，都是连续用在句脚，显出低抑的情调。“听”字、“道”字、“叹”字领下四言两句，“记”字、“渐”字领下四言三句，“但”字领下四言、七言各一句，都得用去声字。还有“凤钗半脱云鬓”和“旧巢更有新燕”二句都得用去平去仄平去，“东风竟日吹露桃”句必得用平平去入平去平。这三句有些拗怒，与低抑情调互为调节，显出情感的起伏变化。周邦彦是最了解这种音律上的妙用的。又如张炎的《高阳台》：

接叶巢莺，平波卷絮，断桥斜日归船。能几番游？看花又是明年！东风且伴蔷薇住，到蔷薇、春已堪怜。更凄然，万绿西泠，一抹荒烟。　　当年燕子知何处？但苔深韦曲，草暗斜川。见说新愁，如今也到鸥边！无心再续笙歌梦，掩重门、浅醉闲眠。莫开帘，怕见飞花，怕听啼鹃。

这里连续用两句平声字落脚的有“游”、“年”、“愁”、“边”等字；连续用三句平声字落脚的有“然”、“泠”、“烟”、“帘”、“花”、“鹃”等字。还有上三下四句法的平仄安排，“到蔷薇、春已堪怜”和“掩重门、浅醉闲眠”两个句子，上三字都是仄平平，下四字都是仄仄平平或平仄平平，也就更加显示低抑的情调。这个调子，是只适宜于表达悲凉感伤情绪的。

整句中用平声字过多，因而构成凄调的，以史达祖的《寿楼春》最为突出。这是表达生离死别的感伤情绪，所以音节十分低沉。有人用作寿词，是十分错误的。全调如下：

裁春衫寻芳。记金刀素手，同在晴窗。几度因风残絮，照花斜阳。谁念我，今无裳？自少年、消磨疏狂。但听雨挑灯，攲床病酒，多梦睡时妆。　飞花去，良宵长。有丝阑旧曲，金谱新腔。最恨湘云人散，楚兰魂伤。身是客，愁为乡。算玉箫、犹逢韦郎。近寒食人家，相思未忘蘋藻香。

这“裁春衫寻芳”五字全平，“照花斜阳”去平平平，“今无裳”三字全平，“自少年、消磨疏狂”去去平平平平平，“良宵长”三字全平，“楚兰魂伤”上平平平，“愁为乡”三字全平，“算玉箫、犹逢韦郎”去入平平平平平，都是平声字占很大比重，构成十分低沉的情调。只有结句“相思未忘蘋藻香”七字是平平去去平上平，第六字有些拗怒意味；但与整个的低沉情调，是很难调协的。像这样低抑的凄调，在全部宋词中也很少见。

偶然用一两个平声超过三分之二以上的句子，借以显示凄抑低沉的情绪，有时却有必要。例如周邦彦的《瑞龙吟》：

章台路，还见褪粉梅梢，试花桃树。愔愔坊陌人家，定巢燕子，归来旧处。　　暗凝伫，因记个人痴小，乍窥门户。侵晨浅约宫黄，障风映袖，盈盈笑语。　　前度刘郎重到，访邻寻里，同时歌舞。唯有旧家秋娘，声价如故。吟笺赋笔，犹记燕台句。知谁伴、名园露饮，东城闲步？事与孤鸿去。探春尽是伤离意绪。官柳低金缕。归骑晚，纤纤池塘飞雨。断肠院落，一帘风絮。

这第一、二段句法全同，叫做“双拽头”，虽然句脚字仄多于平，句中字的平仄却是大致相等，能够取得和谐和拗怒的统一。第三段的“唯有旧家秋娘，声价如故”，上句是平仄仄平平平，下句是平仄平仄，上句末三平过于低沉，所以下句变作拗句把它激起。整段中，除“唯有旧家秋娘”句外，句脚全用仄声字，也就适宜于表现紧促的感情；在快要收煞的时候，用“纤纤池塘飞雨”的平平平平平上，显示神情的凄抑低黯，是异常适当的。

由平仄进一步讲究四声的适当安排，是到了文学家而兼音乐家的周邦彦，才有显著的成绩。他的创调，逐渐脱离近体诗两平两仄间用的法则，往往参用一平一仄相间的句子；又特别注意去声字的作用，把它安排在领头或句腰间，使全句挺起有劲，借以显现它的特殊音节。王国维赞美他的词：“拗怒之中，自饶和婉，曼声促节，繁会相宣，清浊抑扬，辘轳交往。”（《清真先生遗事》）我们从《清真集》中，是可以学到许多声律方面的安排法则的。例如《兰陵王》：

柳阴直，烟里丝丝弄碧。隋堤上，曾见几番，拂水飘绵送行色？登临望故国。谁识，京华倦客？长亭路，年去岁来，应折柔条过千尺。　闲寻旧踪迹。又酒趁哀弦，灯照离席。梨花榆火催寒食。愁一箭风快，半篙波暖，回头迢递便数驿，望人在天北。　凄恻，恨堆积。渐别浦萦回，津堠岑寂。斜阳冉冉春无极。念月榭携手，露桥闻笛。沉思前事，似梦里，泪暗滴。

这个曲调，据传还是北齐时《兰陵王入阵曲》的遗声（见《碧鸡漫志》卷四）。它的谱子，一直在历代帝王的宫廷中流传着。宋毛幵所著的《樵隐笔录》也曾谈道：“绍兴初，都下（杭州）盛行周清真咏柳《兰陵王慢》，西楼、南瓦皆歌之，谓之《渭城三叠》。以周词凡三换头，至末段，声尤激越，惟教坊老笛师能倚之以节歌者。”这“三换头”的《兰陵王》，和王灼所称“今《越调兰陵王》，凡三段，二十四拍”的说法相合。因为它原来是描写战斗激烈情态的舞曲，所以它的音节应该是激昂高亢的。在每个句子的平仄安排上，必须取得和谐和拗怒的统一，而拗怒都表现在仄声尤其是去声字的运用上。清初词学理论家万树曾经说过：“名词转折跌荡处，多用去声，何也？三声之中，上、入二者可以作平，去则独异。”又说：“当用去者，非去则激不起。”（《词律》发凡）我们参酌万氏这些说法来检查《兰陵王》这个调子所以声情激越的原因所在，它对四声的使用，是完全改变了近体诗的法式而充分表现出它的独创性的。在清真此调中，遇着对称的句式，总是和谐与拗怒递用，例如“酒趁哀弦”的仄仄平平是和谐的音节，“灯照离席”的平仄平仄却有些拗怒；“一箭风快”的平（“一”字以入作平）仄平仄是拗怒的音节，“半篙波暖”的仄平平仄却又相当和谐；“别浦萦回”的仄仄平平是和谐的音节，“津堠岑寂”的平仄平仄，却又显示拗怒；“月榭携手”的平（“月”字以入作平）仄平仄是拗怒的音节，“露桥闻笛”的仄平平仄却又转入和谐。再从句脚字上来看，“弦”和“席”一平一仄递用，显示和谐；“快”和“暖”两仄连用，却又表示拗怒；“回”和“寂”一平一仄递用，显示和谐，“手”和“笛”两仄连用，却又表示拗怒。这四处的偶句，它的领格字除了“愁”字平声，“又”、“渐”、“念”都是去声；根据“当用去者，非去则激不起”的原则，我怀疑这个“愁”字怕是“骤”的误写。这个调子中的拗句，都着重于去声字的安排。如：“拂水飘绵送行色”的仄仄平平仄平仄，第五、六两字是拗；“应折柔条过千尺”的平仄平平仄平仄，第五、六两字也是拗；“登临望故国”的平平仄仄仄，第三字是拗；“望人在天北”的仄平仄平仄，在上一、下四的句法上第三字也是拗。这拗的所在，如“送”、“过”、“望”、“在”等字都是去声；这样把附近相连的字音激起，特别显出抑扬抗坠的美妙音节。还有“回头迢递便数驿”的平平平去去去入，七个字里面用了四个仄声；“似梦里”的去去上，“泪暗滴”的去去入，两个三字句没有一个平声；这样过多地使用仄声字，都是为了激起音节的拗怒，使它适合于表达激动的感情的缘故。再看整个曲调中的句脚字，只有“来”、“弦”、“回”三个平声，其余全部仄声，也是构成整个拗怒音节的因素之一。这首词，除句脚几乎全用仄收外，加上结句连用六仄，再配上全部短促的入声韵，它的激越声情，是从多方面的矛盾的统一显示出来的。从这具体的分析中，可以体会四声字调在歌曲上的妙用。也只有文学家兼音乐家的周邦彦，才能把这些原则表现在实际创作上，给学者以广大法门。南宋方千里、杨泽民、陈允平都有和清真词，只是每一个字都照着周邦彦原作的四声去硬填，却不了解它在音乐上的妙用，是十分可笑的。

由于长调慢曲的格局开张，必须在结构上具有开阖变化，才能够把作者所要表达的起伏变化的感情紧密结合起来，做到恰如其量。这就得改变近体诗和令曲小调的顺下句法，即从偶数字调整音节的形式，转而着重于领头字或转折处的字调安排，也就是有些地方该用逆入的方式加以妥善处理。这些关键所在，就在去声字的运用上面。例如柳永的《八声甘州》：

对潇潇暮雨洒江天，一番洗清秋。渐霜风凄紧，关河冷落，残照当楼。是处红衰翠减，苒苒物华休。惟有长江水，无语东流。　　不忍登高临远，望故乡渺邈，归思难收。叹年来踪迹，何事苦淹留？想佳人、妆楼颙望，误几回、天际识归舟？争知我、倚阑干处，正恁凝愁！

这“对”字领起下文，是逆入的语气；“渐”、“望”、“叹”、“想”、“误”等字都是转折所在，最好是用去声字，才能压得下，顶得住；这“想”字用了一个上声，就感到不及“对”、“渐”等字的有力。

近人吴梅是从事过昆曲歌唱和作曲的深入研究者。他在去声字的运用上，比万树又有进一步的了解。他说：去声字“由低而高，最宜缓唱。凡牌名中应用高音者，皆宜用此”。（《词学通论》第二章）他又举《白石道人歌曲》中的一些词作为例证，说：“其领头处，无一不用去声者，无他，以发调故也。”这个用去声字领头的句法，因为它的着重点在开头的地方，也就近于上面所说的逆入方式。姜夔并把这方式运用到他的自度曲上，不但长调慢曲是这样，连短调也改变了唐、宋旧曲一般沿用的顺下句法。各为举例如下：

例一，《淡黄柳》（正平调）：

空城晓角，吹入垂杨陌。马上单衣寒恻恻。看尽鹅黄嫩绿，都是江南旧相识。　　正岑寂，明朝又寒食。强携酒、小桥宅。怕梨花落尽成秋色。燕燕飞来，问春何在？唯有池塘自碧。

例二，《长亭怨慢》（中吕宫）：

渐吹尽、枝头香絮。是处人家，绿深门户。远浦萦回，暮帆零乱，向何许？阅人多矣！谁得似、长亭树？树若有情时，不会得、青青如此。　　日暮，望高城不见，只见乱山无数。韦郎去也，怎忘得、玉环分付？第一是、早早归来，怕红萼、无人为主。算只有并刀，难剪离愁千缕。

例三，《扬州慢》（中吕宫）：

淮左名都，竹西佳处，解鞍少驻初程。过春风十里，尽荠麦青青。自胡马、窥江去后，废池乔木，犹厌言兵。渐黄昏、清角吹寒，都在空城。　杜郎俊赏，算而今、重到须惊。纵豆蔻词工，青楼梦好，难赋深情。二十四桥仍在，波心荡、冷月无声。念桥边、红药年年，知为谁生？

例四，《翠楼吟》（双调）：

月冷龙沙，尘清虎落，今年汉酺初赐。新翻胡部曲，听毡幕元戎歌吹。层楼高峙。看槛曲萦红，檐牙飞翠。人姝丽，粉香吹下，夜寒风细。　此地，宜有词仙，拥素云黄鹤，与君游戏。玉梯凝望久，叹芳草萋萋千里。天涯情味。仗酒祓清愁，花消英气。西山外，晚来还卷，一帘秋霁。

这《淡黄柳》中的“看”、“旧”、“正”、“又”、“怕”、“问”等字，《长亭怨慢》中的“渐”、“向”、“树”、“望”、“第”、“怕”、“算”等字，《扬州慢》中的“过”、“尽”、“自”、“渐”、“算”、“纵”、“念”等字，《翠楼吟》中的“听”、“看”、“拥”、“叹”、“仗”等字，都是着重点所在，该用去声字，才能发调。这里面只一个“拥”字是上声，作为例外，大概因为下面紧接着一个去声的“素”字，因而把它换了的。这前两曲都表现一种清劲的音节；《扬州慢》则和谐中见低沉，就因为上、下阕的结尾连用了三个平声作为句脚；《翠楼吟》则和谐中见清壮，就因为句脚多用仄收，而又几乎全部用了去声韵的缘故。

在小令短调中，有一种特殊句子，用的平声字过量，就得借助于去声字，才能振起，显出低抑中的高亢。例如刘过的《醉太平》：

> 情高意真，眉长鬓青。小楼明月调筝，写春风数声。思君忆君，魂牵梦萦。翠绡香暖云屏，更那堪酒醒！

这上面四个四言句，都是用的平平仄平，违反了偶数字平仄递用的惯例，构成低沉的音节；必得在第三字选用有力的去声如“意”、“鬓”、“忆”、“梦”等字，把句中的声调激起。上、下阕的结句都是用的仄平平仄平，而且是上一、下四的句法，所以第一、三两字，最好都用去声。这“数”、“更”两字的去声，用得非常恰当；“写”、“酒”两字用了上声，就感到不够响亮，连整体的精神都受到影响了。又如辛弃疾的《太常引》：

> 一轮秋影转金波，飞镜又重磨。把酒问姮娥：被白发、欺人奈何！　　乘风好去，长空万里，直下看山河。斫去桂婆娑，人道是、清光更多。

这上、下阕的结句，都是上三下四，最后四字用平平仄平，也是违反惯例的特殊句法；这第三字如果不用去声如“奈”、“更”等字，是万万振不起精神来的。

两平两仄交互使用，作为调声的准则，固然可以取得音节谐婉的绝大效果，从有近体格律诗以至唐、宋以来长短句词曲，一般都遵循着这规矩向前迈进。但平有阴、阳，仄有上、去、入，在歌唱上仍有很大的差别。黄九烟论曲，曾有“三仄应须分上、去，两平还要辨阴、阳”的说法。这在南宋词学专家，已经认识到这点了。张炎在《词源》下卷里面，谈到他父亲张枢写的《惜花春起早》，用了“琐窗深”三个字，感到“深”字唱起来好像变成了别一个字；把它改作“幽”字，也不适合；最后改成“明”字，唱来才协律美听。这因为“深”字上面的“窗”字是阴平，就得配上一个阳平的“明”字；“深”和“幽”都是阴平，和“窗”字连缀起来，违反了抑扬抗坠的法则，所以是非改不行的。至于上、去虽同属仄，也得更番使用。万树说过：“上声舒徐和软，其腔低；去声激厉劲远，其腔高；相配用之，方能抑扬有致。大抵两上两去，在所当避。”（《词律》发凡）宋人如周邦彦、姜夔等，在这些地方，都是相当注意的。例如周邦彦的《齐天乐》：

绿芜凋尽台城路，殊乡又逢秋晚。暮雨生寒，鸣蛩劝织，深阁时闻裁剪。云窗静掩。叹重拂罗茵，顿疏花簟。尚有练囊，露萤清夜照书卷。　　荆江留滞最久，故人相望处，离思何限！渭水西风，长安乱叶，空忆诗情宛转。凭高眺远。正玉液新篘，蟹螯初荐。醉倒山翁，但愁斜照敛。

这里面的拗句，如“殊乡又逢秋晚”的平平仄平平仄，第三字必得用去声，“露萤清夜照书卷”宜用去平平去去平去，“荆江留滞最久”宜用平平平去去上，“离思何限”宜用平去平去。还有领头字的“叹”、“正”两字也一定要用去声。此外，连用两仄，如“静掩”、“尚有”、“眺远”、“醉倒”、“照敛”，都是去上迭用。只“宛转”全是上声；把这句和上半阕对比，这两字原可用平仄，因有通融的余地，就不妨随便一些。又如姜夔的《眉妩》（一名《百宜娇》）：

看垂杨连苑，杜若侵沙，愁损未归眼。信马青楼去，重帘下，娉婷人妙飞燕。翠尊共款，听艳歌、郎意先感。便携手、月地云阶里，爱良夜微暖。　　无限风流疏散。有暗藏弓履，偷寄香翰。明月闻津鼓，湘江上、催人还解春缆。乱红万点，怅断魂、烟水遥远。又争似相携，乘一舸，镇长见？

这里面的拗句，如“娉婷人妙飞燕”是平平平去平去，“听艳歌、郎意先感”是去去平平去平上的上三、下四句法，“便携手、月地云阶里”是去平上入去平平上的上三、下五句法，“爱良夜微暖”是去平去平上的上一、下四句法，“有暗藏弓履”是上去平平上的上一、下四句法，“偷寄香翰”是平去平去，“催人还解春缆”是平平平上平上，“怅断魂、烟水遥远”是去去平平上平上的上三、下四句法，“又争似相携，乘一舸，镇长见”是去平上平平平入上去平去的一、四、三、三句法。这些句子，都构成了拗怒的音节，适宜于表达紧张急迫的情绪。“看”、“信”、“听”、“便”、“爱”、“怅”、“又”等领头字，都是用的去声，便于声调的揭起，显出抑扬抗坠的美妙音节。其间两仄相连，如“信马”、“共款”、“万点”都用去上，更是美听。这是宋人重视阴阳、上去的显明例证，它对声乐上是有绝大影响的。

关于音节的抑扬抗坠，怎样配合字调的平仄四声，这在周邦彦的《清真集》和姜夔的《白石道人歌曲》中，可说已经达到了穷极变化的境地，构成丰富多彩的多种特殊音节，使长短句歌词形式，经过音律的严格陶冶，逐渐脱离近体诗的一般规律而卓然独立起来，是值得我们从事歌词创作者深入探讨的。

第十二章　阴阳上去在北曲南曲中的搭配

元人北曲，类皆出自北方勾栏中普遍流行的时兴小调。虽然经过文人学士和剧作家们不断地采用、加工，乃至连缀若干同一宫调的曲牌，成为散套，更进一步演为杂剧、传奇，但它的基本曲调，比起宋人创作的长调慢曲来，是要简单得多的。周德清在他所著的《中原音韵》后面，选取了北曲定格四十首，有的原是单行小令，有的摘自散套或杂剧中。这些定格北曲的平仄安排，也和唐、宋令词相差不远，一般是两平两仄更迭使用；但遇到重点所在，讲究阴阳、上去的分别，却要严格得多。随举数首示例：

例一，《仙吕醉中天》：

疑是杨妃在，怎脱马嵬灾？曾与明皇捧砚来，美脸风流杀。叵奈挥毫李白觑着娇态，洒松烟点破桃腮。

白朴《佳人脸上黑痣》

它的平仄如下：

平仄平平仄，仄仄仄平平。平仄平平仄仄平，仄仄平平仄。仄仄平平仄仄仄仄平仄，仄平平仄仄平平。

这里除了“叵奈挥毫李白觑着娇态”十字一句和“洒松烟点破桃腮”是上三、下四句法，平仄安排有些异样外，其余和近体诗的格调完全相同。周德清特别指出“捧砚”、“点破”都是上去，可见这两处是要兼讲四声的。

例二，《仙吕一半儿》：

自将杨柳品题人，笑拈花枝比较春，输与海棠三四分。再偷匀，一半儿胭脂一半儿粉。

陈克明《春妆》

它的平仄如下：

仄平平仄仄平平，仄仄平平仄仄平，平仄仄平平仄平。仄平平，仄仄平平平仄仄平仄。

这里除了结句用了两个“儿”字兼押一个仄韵外，几乎和宋人李重元的《忆王孙》：“萋萋芳草忆王孙，柳外楼高空断魂，杜宇声声不忍闻。欲黄昏，雨打梨花深闭门。”完全是一样的形式。

例三，《中吕迎仙客》：

雕檐红日低，画栋彩云飞，十二玉阑天外倚。望中原，思故国，感慨伤悲，一片乡心碎。

郑光祖《王粲登楼》杂剧

它的平仄如下：

平平平仄平，仄仄仄平平，仄仄仄平平仄仄。仄平平，平仄仄，仄仄平平，仄仄平平仄。

这里的平仄安排，构成了和谐的音节。周德清说：“妙在‘倚’字上声起音，一篇之中，唱此一字。”又说：“‘原’、‘思’字属阴，‘感慨’上去，尤妙。”可见这个曲牌中，“倚”字和“感慨”二字要讲究上去，“原”、“思”两字要注意阴阳。

例四，《商调梧叶儿》：

别离易，相见难，何处锁雕鞍？春将去，人未还，这其间，殃及杀愁眉泪眼。

关汉卿《别情》

它的平仄如下：

仄平仄，平仄平，平仄仄平平。平平仄，平仄平，仄平平，平仄仄平平仄仄。

这四个三言句都是对称的形式，结尾是上三、下四句法，音节全部是和谐的。周德清说：“如此方是乐府。音如破竹，语尽意尽，冠绝诸词。妙在‘这其间’三字，承上接下，了无瑕疵。‘殃及杀’三字，俊哉语也！”又说：“‘眼’字上声，尤妙。”这“眼”字之所以妙，也就是因为“泪”字是去声的原故。

例五，《越调天净沙》：

枯藤老树昏鸦，小桥流水人家，古道西风瘦马。夕阳西下，断肠人在天涯。

马致远《秋思》

它的平仄如下：

平平仄仄平平，仄平平仄平平，仄仄平平仄仄。仄平平仄，仄平平仄平平。

这三个六言句，构成对称形式，但又不能全相匹配；这是运用“奇偶相生”的特殊情调，和谐中见凄婉。三句纯是描写自然景物，宛然一幅深秋图画。“夕阳西下”四字即景生情，结以“断肠人在天涯”；那末，上面最美丽的秋光，恰好都是天涯客子的伤心资料。马致远这寥寥二十八字，确是十分超妙。这与本曲的谐婉音节，尤其是每句句脚的平仄声配搭得十分恰当，是有着不可分割的关系的。周德清却只赞美“‘瘦马’二字去上，极妙”，还是太浅看它了。

例六，《双调沉醉东风》：

黄芦岸白蘋渡口，绿杨堤红蓼滩头。虽无刎颈交，却有忘机友，点秋江白鹭沙鸥。傲杀人间万户侯，不识字烟波钓叟。

白朴《渔父》

它的平仄如下：

平平仄仄平仄仄，仄平平平仄平平。平平仄仄平，仄仄平平仄，仄平平仄仄平平。仄仄平平仄仄平，仄仄仄平平仄仄。

这里除两个五言偶句和“傲杀人间万户侯”七言一句是一般顺下句式外，其余都是上三、下四的七言句，多取逆势，适宜于表达风流潇洒的思想感情。周德清说：“妙在‘杨’字属阳，以起其音，取务头；‘杀’字上声，以转其音；至下‘户’字去声，以承其音，紧在此一句，承上接下。末句收之。‘刎颈’二字，若得上去声，尤妙；‘万’字若得上声，更好。”“杨”字上面是一个以入作去的“绿”字，下面紧接着一个阴平的“堤”字，所以中间最宜配搭一个阳平的“杨”

字。明人王骥德在《论阴阳》篇中讲到过："大略阴字宜搭上声，阳字宜搭去声。"（《曲律》卷二）这正好证明周德清"妙在'杨'字属阳"的说法，是很有道理的。"杀"字以入作上，恰好和上面的"傲"字连成去上，非常适合。结尾的"钓叟"两字，也是用的去上；只可惜"刎颈"两上，"万户"两去，确也要算是美中不足了。

在南曲中，对阴阳、上去的适当安排，也和北曲一样的重视。高则诚的《琵琶记》，是南曲最早而又最流行的剧本。它对阴阳、上去的运用，在声乐家实际演唱起来，还是有的准确，有的不准确。王骥德曾经举过一些例子，说明它的得失所在：

例一，《南浦嘱别》一出中《尾犯序》的几句唱词：

> 奴只虑，公婆没主，一旦冷清清。
> 思量起，如何教我割舍得，眼睁睁。
> 知他记否？空自语惺惺。
> 从今后，相思两处，一样泪盈盈。

据王说："'冷'字是掣板，唱须抑下，宜上声；'清'字须揭起，宜用阴字清声。今并下第二、第三调末句，一曰'眼睁睁’，一曰‘语惺惺’，‘冷’、‘眼’、‘语’三字皆上声，‘清清’、‘睁睁’、‘惺惺’皆阴字，叶矣。末调末句，却曰‘相思两处，一样泪盈盈’，‘泪’字去声，既启口便气尽，不可宛转，下‘盈盈’又属阳字，不便于揭，须唱作‘英’字音乃叶。”这是说明阴、阳平和前面的上、去声相搭配的道理。

例二，《中秋望月》一出中《念奴娇序》的几句唱词：

> 孤影，南枝乍冷。见乌鹊缥缈惊飞，栖止不定。
> 光莹。我欲吹断玉箫，乘鸾归去，不知风露冷瑶京。
> 愁听，吹笛关山，敲砧门巷，月中都是断肠声。

据王说：“‘孤’字以阴搭上，‘愁’字以阳搭去，唱来俱妙。独‘光’字唱来似‘狂’字，则以阴搭去之故；若易‘光’为阳字，或易‘莹’为上声字，则又叶矣。”这是说明阴、阳平和后面的上、去声相搭配的道理。

总的说来，平仄四声在词、曲的结构上，都占首要的地位。词的发展，在唐、五代、南北宋长时间内，经过专家们不断创作，因而在调子的组织形式上，尤其是周、姜诸家的创调，有着丰富多彩的特殊音节，是错综复杂、最富于音乐性的诗歌形式。它对平仄四声的运用，是异常复杂多样的。北曲起自市井间，在曲牌的声韵组织上不曾听到有过像周、姜一类专家的创作，所以普遍都是采用一些单调小令连缀以成整套，对单独一个曲牌的音节变化，比较宋词长调要简单得多。但由于它的不断搬上舞台，在唱腔上，经过无数艺人的实践，对阴阳、上去如何搭配的道理，越讲越精，而且大部还保留着工尺字谱，可以有所依据，从而深入探讨声、词配合的关键所在。这两者对创作民族形式的新体歌词，倘能灵活运用某些原则、原理，予以损益变化，都该会有很大帮助的。

第十三章　韵位疏密与表情的关系

梁刘勰谈到声律问题，认为“声有飞、沉”；又说：“沉则响发而断，飞则声扬不还。”（《文心雕龙·声律》第三十三）这里说明汉语的每一个音，都有它的不同性质。如果在组织成为词句时不能作妥善的搭配，就难以显示高低、抑扬的音节，而且吟唱起来会拗折嗓子。所以他又说：“古之教歌，先揆以法，使疾呼中宫，徐呼中徵。”又说：“商徵响高，宫羽声下，抗喉矫舌之差，攒唇激齿之异，廉肉相准，皎然可分。”他接着说明怎样把这些不同性质的字音安排得适当，就该“左碍而寻右，末滞而讨前，则声转于吻，玲玲如振玉；辞靡于耳，累累如贯珠”。（《文心雕龙·声律》第三十三）这对声韵上的安排，讲得十分透辟。它是结合着音乐关系和汉语的特性，来制定法则的。从唐人律、绝诗以至后来的词、曲，都是根据这个法则进一步付之实践，越来越讲究得精密的。

在歌调声韵安排上的基本法则，原不外乎沈约所说：“欲使宫羽相变，低昂互节，若前有浮声，则后须切响。一简之内，音韵尽殊；两句之中，轻重悉异。”（《宋书》卷六十七《谢灵运传》）但再要说得简要明了，就是在每一个句子中间的平仄声字，必须相间使用，使它显出和谐的音节；在整个篇章中的韵位所在，必须遥相呼应，使它的音响和所表达的感情恰恰相称，随着感情的起伏变化而有所调节。刘勰也曾说起：“异音相从谓之和，同声相应谓之韵。”（《文心雕龙·声律》）这“异音相从”就是在每个句子中的字调问题；“同声相应”就是在整个篇章中的韵位问题。关于前者，我们在上一章已经约略分析过了。现在着重唐、宋小令关于韵位问题的探讨，不得不追溯一下我们的祖先是怎样重视诗歌的韵位问题的。

清人孔广森曾把《诗经》三百五篇的韵脚，作了一个综合的研究，写成《诗声类》和《诗声分例》二书。在《诗声分例》中，立了许多名目，叫做“偶韵”、“奇韵”、“偶句从奇韵”、“叠韵”、“空韵”、“二句独韵”、“末二句换韵”、“两韵”、“三韵”、“四韵”、“两韵分协”、“两韵互协”、“两韵隔协”、“三韵隔协”、“四韵隔协”、“首尾韵”、“二句不入韵”、“三句不入韵”、“二句闲韵”、“三句闲韵”、“四句闲韵”、“联韵”、“续韵”、“助字韵”、“句中韵”、“句中隔韵”、“隔协句中隔韵”等。在他所举的许多例子中，可以看出我们祖先在唱歌时是怎样注意音调的和谐以及情感与语言的结合问题。它的音乐性之强，在韵位的变化上，我们现在还是可以感觉到的。继孔氏书而作的还有丁以此的《毛诗正韵》，分析得更加清楚。我们要研究古代民歌的声韵问题和词、曲的声韵组织问题，那末，孔、丁两氏关于《诗经》韵例的著作是值得仔细探讨的。

韵位的疏密，与所表达的情感的起伏变化、轻重缓急，有着不可分割的关系。大抵隔句押韵，韵位排得均匀的，它所表达的情感都比较舒缓，宜于雍容愉悦场面的描写；句句押韵或不断转韵的，它所表达的情感比较急促，宜于紧张迫切场面的描写。且看《诗经》描写欢乐场面的，如《周南·关雎》：

关关雎鸠，在河之洲。窈窕淑女，君子好逑。
参差荇菜，左右流之。窈窕淑女，寤寐求之。
求之不得，寤寐思服。悠哉悠哉，辗转反侧。
参差荇菜，左右采之。窈窕淑女，琴瑟友之。
参差荇菜，左右芼之。窈窕淑女，钟鼓乐之。

这第一章“鸠”、“洲”、“逑”三押平韵，第二章“流”、“求”两押平韵，声情都是舒缓的；第三章“得”、“服”、“侧”三押入声韵，就显得比较急促；第四章“采”、“友”两押上声韵，第五章“芼”、“乐”两押去声韵，由急转缓；末章去声韵的响亮，显示愉快达于沸点的感情。这种描写结婚者思想感情的起伏变化，是在韵位上表达得非常适当的。又如《周南·桃夭》：

桃之夭夭，灼灼其华。之子于归，宜其室家。

桃之夭夭，有蕡其实。之子于归，宜其家室。

桃之夭夭，其叶蓁蓁。之子于归，宜其家人。

这第一章“华”与“家”协两平，第二章“实”与“室”协两入，第三章“蓁”与“人”又协两平。每章都是隔句协韵，而三章的韵脚，又是平入递用，更显示它的音节的和谐舒缓，是适宜于抒写少女将结婚时的愉快心情的。

《诗经》中表达紧张急迫情绪的篇章常是句句用韵，越来越急。例如《周南·卷耳》：

采采卷耳，不盈顷筐。嗟我怀人，寘彼周行。

陟彼崔嵬，我马虺隤。我姑酌彼金罍，维以不永怀。

陟彼高冈，我马玄黄。我姑酌彼兕觥，维以不永伤。

陟彼砠矣，我马瘏矣！我仆痡矣！云何吁矣！

这第一章“筐”与“行”协两平，隔句押韵，比较舒缓。第二章“嵬”、“隤”、“罍”、“怀”，第三章“冈”、“黄”、“觥”、“伤”，第四章“砠”、“瘏”、“痡”、“吁”，都是四协平韵，而且句句协韵，就显得情调的急迫紧张，充分表达了怀人者的苦痛心情。

还有，在一章中，为了显示情感的变化，也得用换韵的手法，才能表达得恰如其量，把事物写得有声有色。例如《卫风·硕人》第二章描写庄姜的美貌：

手如柔荑，肤如凝脂，领如蝤蛴，齿如瓠犀，螓首蛾眉。巧笑倩兮，美目盼兮。

第三章描写庄姜的仪从：

硕人敖敖，说于农郊；四牡有骄，朱幩镳镳，翟茀以朝。大夫夙退，无使君劳。

前一章的“荑”、“脂”、“蛴”、“犀”、“眉”连协五个平韵，用种种实物比况这位“硕人”的诸般形态；但只有色而无声，有形象而缺乏生命。结尾转用“倩”、“盼”两个去声韵，就把美人神态活现在纸上了。后一章的“敖”、“郊”、“骄”、“镳”、“朝”也是连协五个平韵，用夸张美貌的手法，再来夸张一下这位“硕人”的十足派头，情调也是紧张的。到最末二句，才把紧张情绪松弛一下，隔句再协一个“劳”字的平韵，带着讽刺的口吻，是异常俏皮的。

这上面随手举了一些《诗经》的韵例，说明韵脚的安排对表达情感的密切关系，给后来词、曲形式的丰富多彩以很大的启示，是毫无可疑的。

《诗经》以下，就要数到《楚辞》。《楚辞》的声韵变化，虽然没有《诗经》那样的复杂，但对韵位与表情的关系，随着情感的变化而变换韵脚的平仄声，也是异常注意的。例如《九歌·少司命》：

秋兰兮麋芜，罗生兮堂下（古音读如虎）。绿叶兮素枝，芳菲菲兮袭予（读上声）。夫人兮自有美子，荪何以兮愁苦？

秋兰兮青青，绿叶兮紫茎。满堂兮美人，忽独与余兮目成。

入不言兮出不辞，乘回风兮载云旗。悲莫悲兮生别离，乐莫乐兮新相知。

荷衣兮蕙带，倏而来兮忽而逝。夕宿兮帝郊，君谁须兮云之际？

与女游兮九河，冲风至兮水扬波。与女沐兮咸池（古音陀），晞女发兮阳之阿。望美人兮未来，临风怳兮浩歌。

孔盖兮翠旍，登九天兮抚彗星。竦长剑兮拥幼艾，荪独宜兮为民正（读平声）。

这第一章“芜”、“下”、“予”、“苦”押四个上声韵，除首、次句连协外，皆隔句一协，显出情调的舒缓；第二章“青”、“茎”、“成”换协三平，已渐转急；第三章“辞”、“旗”、“离”、“知”连协四平，就更显示紧张迫促；第四章“带”、“逝”、“际”换协三去，把低抑的情调稍稍激起，给以适当的调剂；第五章“河”、“波”、“池”、“阿”、“歌”换协五平，又转舒缓，表示希望的神情；第六章“旍”、“星”、“正”又协三平，显示最后的乐观情态。这手法，还是与《诗经》中的“国风”一脉相承的。

《诗经》中的十五国风和《楚辞》中的《九歌》（祀神的巫歌），都保持着浓厚的民歌色彩，而且在当时是和音乐紧密结合的。所以在声韵组织上，具有许多变化，表现着劳动人民的智慧积累。汉、魏以来，辞人辈出，于是诗赋成了专业，逐渐脱离民歌与音乐的关系。这虽然具有它的历史条件，而《诗经》、《楚辞》的优秀传统，在声韵变化上，是有中断趋向的。

汉代乐府诗，最初是收集了不少民歌的；可惜到了汉、魏之际，虽有曹氏父子（操、丕、植等）的仿作，还不能在《风》、《骚》的传统基础上，发展成为一种崭新的诗歌形式。但有些卓越的作品，对声韵和情感的结合变化，还是有相当表现的。例如汉《鼓吹铙歌》中的《上邪》：

> 上邪！我欲与君相知，长命无绝衰。山无陵，江水为竭，冬雷震震夏雨雪，天地合，乃敢与君绝。
>
> 《宋书》卷二十二《乐志》四

这“知”与“衰”连协两平，表示坚决的爱情，已有些紧张的情调；下面紧接“竭”、“雪”、“合”、“绝”四个入声韵，充分显现不可动摇的炽烈情感。这手法是十分卓越的。曹操对乐府诗的创作，是富有最大热情的。他的作品，保存在《宋书·乐志》中的还很不少；但除了几首纯用四言或五言句式的以外，有的长短句很难读通，大概由于记录者“声、词相杂”的原故吧？且看他所拟《步出夏门行》的第一解的后半段：

> 东临碣石，以观沧海。水何澹澹，山岛竦峙。树木丛生，百草丰茂。秋风萧瑟，洪波涌起。日月之行，若出其中；星汉灿烂，若出其里。幸甚至哉，歌以言志。
>
> 《观沧海》

这里只“峙”、“起”、“里”、“志”协了四个上、去声韵；中间也有一些波澜壮阔的句子，像上面所举的“水何澹澹，山岛竦峙”、“秋风萧瑟，洪波涌起”以及第四解中的“老骥伏枥，志在千里；烈士暮年，壮心不已”，都是很有魄力的；只是有配搭得不太适当的地方。我疑心曹操还是习惯于写作四言或五言的整齐形式，有些句子，是由乐工们因曲调上的需要，勉强替他凑上去的。曹氏父子，不能在《诗经》里面吸取声韵组织上的经验，从而创造一种簇新的长短句歌词，是非常可惜的。

过去有些学者谈到词的起源问题，都只在句子的长短不齐上着眼，没有注意到唐、宋小令用的长短句是受着曲调支配的。要把字调的起伏变化和曲调的高下抑扬紧密结合起来，非在声律论发明以后，更从《诗经·国风》中吸取经验，加以错综变化，是不可能凭空创造出长短句的新形式来的。

齐、梁间是声律论运用在诗歌形式上的开始。运用这个新武器来创造新文艺的却只限于接近统治阶级的专业文人。他们不肯在民歌方面吸取经验，又不理解音乐曲调的特殊性质，所以只能形成声调和谐而形式方板的近体诗式，而不能很快地创造出和音乐曲调紧密结合的长短句歌词。在“异音相从”和“同声相应”两条原则上，创造出五、七言律诗来，原来也是一个很大的进步；但在句法和韵位上，都有它的严格限制，对于表达起伏变化的复杂情感，乃至配合曲调的参差抑扬的节奏，它是不能胜任的。梁武帝（萧衍）对这问题，似乎有了一些理解，在他所写的《江南弄》七首中，都是用三个七言句、四个三言句组成的形式，而且是前后换韵的。这确乎有些像是在“倚声填词”。不过它的换韵，除有一首是前平后仄外，都是前后皆平，与唐、宋小令换韵有固定规则，还是距离很大。姑举他的《采莲曲》：

游戏五湖采莲归，发花田叶芳袭衣，为君侬歌世所希。世所希，有如玉。江南弄，采莲曲。

这前面的“归”、“衣”、“希”连协三平，后面的“玉”、“曲”隔协两入；乍看起来，确是和唐人小令的格式有些相像，但把同样的六首拿来比较一下，不特韵部的转换不能一致，连每个句子中的平仄安排，也是不合“异音相从”的法则的。

基于上面的叙述，我们可以得出一个结论：唐、宋小令的长短句形式，是在近体律诗确立之后，从《诗经·国风》以至《楚辞·九歌》和汉乐府得到某些启示，更紧密结合当时流行曲调，经过无数民间作者的不断尝试，从而创立成功的。

唐、宋小令的韵位疏密，与本曲调所显示的感情有不可分割的关系。但它的初步发展，仍然脱不了近体诗的样式，尤其是全用平韵的小令：

1. 隔句协韵，结句连协例：

江南忆，最忆是杭州。山寺月中寻桂子，郡亭枕上看潮头。何日更重游？

白居易《忆江南》

2. 上片连协，下片隔协例：

一曲新词酒一杯，去年天气旧亭台，夕阳西下几时回？　无可奈何花落去，似曾相识燕归来。小园香径独徘徊。

晏殊《浣溪沙》

3. 上片首次连协，三四隔协，下片二三连协，四五隔协例：

彩袖殷勤捧玉钟，当年拚却醉颜红。舞低杨柳楼心月，歌尽桃花扇底风。　从别后，忆相逢，几回魂梦与君同？今宵剩把银釭照，犹恐相逢是梦中。

晏几道《鹧鸪天》

4. 上下片皆首尾隔协，中间连协例：

夜饮东坡醒复醉，归来仿佛三更。家童鼻息已雷鸣。敲门都不应，倚杖听江声。　　长恨此身非我有，何时忘却营营？夜阑风静縠纹平。小舟从此逝，江海寄余身。

苏轼《临江仙》

5. 上下片皆前隔协，后连协例：

雨暗初疑夜，风回便报晴。淡云斜照着山明，细草软沙溪路马蹄轻。　　卯酒醒还困，仙村梦不成。蓝桥何处觅云英？只有多情流水伴人行。

苏轼《南歌子》

6. 上片首次连协，三四隔协，下片一二三隔二句协，四五隔一句协例：

平山阑槛倚晴空，山色有无中。手种堂前垂柳，别来几度春风？　　文章太守，挥毫万字，一饮千钟。行乐直须年少，尊前看取衰翁。

欧阳修《朝中措》

这上面六个平声韵例，都是隔协多于连协，音节是和谐舒缓的。它的声韵组织，全从近体律、绝变化而来；蜕变痕迹，是显而易见的。

至于平韵小令，如果连协多于隔协，那末，它的音节就要来得紧促，适宜表达急迫低抑的情调：

1. 上片句句连协，下片除三字偶句隔协，余皆连协例：

湘天风雨破寒初，深沉庭院虚。丽谯吹罢《小单于》，迢迢清夜徂。　乡梦断，旅魂孤，峥嵘岁又除。衡阳犹有雁传书，郴阳和雁无！

秦观《阮郎归》

2. 上下片皆一二三四连协，五六七隔两句协例：

十年生死两茫茫。不思量，自难忘。千里孤坟，无处话凄凉。纵使相逢应不识，尘满面，鬓如霜。　夜来幽梦忽还乡。小轩窗，正梳妆。相顾无言，惟有泪千行。料得年年肠断处，明月夜，短松冈。

苏轼《江城子》

3. 上下片除首次句隔协，余并连协例：

花前失却游春侣，独自寻芳。满目悲凉，纵有笙歌亦断肠。　　林间戏蝶梁间燕，各自双双。忍更思量？绿树青苔半夕阳。

冯延巳《采桑子》

4. 上下片除四五隔协，余皆连协例：

往事只堪哀！对景难排。秋风庭院藓侵阶。一桁珠帘闲不卷，终日谁来？　　金剑已沉埋，壮气蒿莱。晚凉天净月华开。想得玉楼瑶殿影，空照秦淮。

李煜《浪淘沙》

5. 上下片全部连协例：

短长亭，古今情。楼外凉蟾一晕生，雨余秋更清。

暮云平，暮山横。几叶秋声和雁声，行人不要听。

万俟詠《长相思》

6. 上下片第三句透下全部连协例：

何处望神州？满眼风光北固楼。千古兴亡多少事，悠悠。不尽长江滚滚流。　　年少万兜鍪，坐断东南战未休。天下英雄谁敌手？曹刘。生子当如孙仲谋。

辛弃疾《南乡子》

这上面六例，连协的多，都显示紧迫情调；遇隔协或三句一韵处，语气略趋舒缓，在整体中起着调剂作用。

在整阕使用平声韵的小令中，也有夹协仄声短韵，自分宾主的。它的作用，一在使音节变得复杂美听，二在给感情上以调节。略举数例：

1. 上片或下片先协两仄语气透下例：

四月十七，正是去年今日，别君时。忍泪佯低面，含羞半敛眉。　　不知魂已断，空有梦相随。除却天边月，没人知。

韦庄《女冠子》

林花谢了春红，太匆匆！无奈朝来寒雨晚来风。　　胭脂泪，相留醉，几时重？自是人生长恨水长东！

李煜《相见欢》

2. 上下片连协平韵，中夹六仄例：

莫听穿林打叶声，何妨吟啸且徐行。竹杖芒鞋轻胜马，谁怕？一蓑烟雨任平生。　　料峭春风吹酒醒，微冷，山头斜照却相迎。回首向来萧瑟处，归去，也无风雨也无晴。

苏轼《定风波》

3. 全阕协平为主，中夹两仄相错例：

挑尽金灯红烬，人灼灼，漏迟迟，未眠时。　　斜倚银屏无语，闲愁上翠眉。闷杀梧桐残雨，滴相思。

韦庄《定西蕃》

4. 全阕协平为主，上下片错协五仄各为部伍例：

月落星沉，楼上美人春睡。绿云倾，金枕腻，画屏深。　子规啼破相思梦，曙色东方才动。柳烟轻，花露重，思难任。

韦庄《酒泉子》

5. 全阕协平为主，上下片换韵中夹多种仄韵交错相协例：

宝马晓鞴雕鞍，罗帷乍别情难。那堪春景媚，送君千万里。半妆珠翠落，露华寒。红蜡烛，青丝曲，偏能勾引泪阑干。　良夜促，香尘绿，魂欲迷，檀眉，半敛愁低。未别，心先咽，欲语情难说，出芳草、路东西。摇袖立，春风急，樱花杨柳雨凄凄。

薛昭蕴《离别难》

第一例中，第一首“时”、“眉”、“随”、“知”共协四平，作为主韵，“七”、“日”先协两入，透下“时”字语气才住；第二首“红”、“匆”、“风”、“重”、“东”共协五平，作为主韵，过片“泪”、“醉”叶两去，透下“重”字语气才住，这作用都仅仅是使得音节比较复杂而已。第二例中，“声”、“行”、“生”、“迎”、“晴”共协五平，作为主韵，“马”和“怕”夹协两仄，“醒”和“冷”又转两仄，“处”和“去”又转两仄。这里三转仄韵夹协，就兼起着调节情感的作用。第三例中，“迟”、“时”、“眉”、“思”共协四平，作为主韵，“语”和“雨”错协两上。它的作用也只在增加音节上的繁复之美而已。第四例中，“沉”、“深”、“任”共协三平，作为主韵，“睡”和“腻”夹协两去，“梦”、“动”、“重”转协三去。这里的主要作用是使音节起变化，也兼调节情感。第五例中，“鞍”、“难”、“寒”、“干”共协四平，“迷”、“眉”、“低”、“西”、“凄”换协五平，作为主韵，“媚”和“里”夹协两仄，“落”、“烛”、“曲”夹协三入，“促”和“绿”夹协两入，“别”、“咽”、“说”夹协三入，“立”和“急”夹协两入。这首词复杂到了极点，对划分起伏、调节情感，起着极大的作用；因主韵的韵位相隔太远，这宾韵就更能发挥它的作用以影响于整体的幽咽哀怨、若断若续的愁苦心情。这是唐、五代小令中最富声律变化的创作。

仄韵小令，音节是比较峭劲的。上、去同协，入声独用，是唐、宋词的一定规矩。上、去声韵适宜表达清幽峭拔、沉郁凄壮的思想感情；入声韵适宜表达激烈豪爽、决绝潇洒的思想感情。但韵位的疏密，也起着调节变化的作用。酌为示例如下：

1. 隔句协仄例：

春山烟欲收，天淡稀星小。残月脸边明，别泪临清晓。　　语已多，情未了，回首犹重道：记得绿罗裙，处处怜芳草。

牛希济《生查子》

西津海鹘舟，径度沧江雨。双橹本无情，鸦轧如人语。　　挥金陌上郎，化石山头妇。何物系君心？三岁扶床女。

贺铸《生查子》

2. 首尾隔协，腰间连协例：

小径红稀，芳郊绿遍，高台树色阴阴见。春风不解禁杨花，蒙蒙乱扑行人面。　　翠叶藏莺，朱帘隔燕，炉香静逐游丝转。一场愁梦酒醒时，斜阳却照深深院。

晏殊《踏莎行》

3. 上半连协，下半隔协例：

池塘水绿风微暖，记得玉真初见面。重头歌韵响铮琮，入破舞腰红乱旋。　　玉钩阑下香阶畔，醉后不知斜日晚。当时共我赏花人，点检如今无一半。

晏殊《玉楼春》

霜余已失长淮阔，空听潺潺清颍咽。佳人犹唱醉翁词，四十三年如电抹。　　草头秋露流珠滑，三五盈盈还二八。与余同是识翁人，惟有西湖波底月。

苏轼《木兰花令》

4. 前连协，尾隔协例：

叶下斜阳照水，卷轻浪、沉沉千里。桥上酸风射眸子。立多时，看黄昏，灯火市。　古屋寒窗底，听几片、井桐飞坠。不恋单衾再三起。有谁知，为萧娘，书一纸？

周邦彦《夜游宫》

薄雾浓云愁永昼，瑞脑消金兽。佳节又重阳，玉枕纱厨，半夜凉初透。　东篱把酒黄昏后，有暗香盈袖。莫道不消魂，帘卷西风，人比黄花瘦。

李清照《醉花阴》

5. 首尾连协，中腰隔协，兼作叠韵例：

昨夜雨疏风骤，浓睡不消残酒。试问卷帘人，却道海棠依旧。知否？知否？应是绿肥红瘦。

李清照《如梦令》

这上面五例，都是音节比较舒缓的，大多前急后缓，尤以第四例的后三句两用平收，隔三句才协一韵，更加显示风姿摇曳，有袅袅不尽之音。至于第一例的《生查子》和第三例的《玉楼春》，则完全是仄韵律诗的式样，不过对偶处有些拗怒，显示情调的郁勃；其用入声韵的《木兰花令》，则更加矫健而已。

仄韵小令，比较音节紧促的，几乎是句句协韵；有的只在开首或腰间偶用一句平收，酌为调剂一下。

1. 开首隔协，随后连协例：

燕雁无心，太湖西畔随云去。数峰清苦，商略黄昏雨。　第四桥边，拟共天随住。今何许？凭阑怀古，残柳参差舞。

姜夔《点绛唇》

又正是春归，细柳暗黄千缕。暮鸦啼处，梦逐金鞍去。一点芳心休诉，琵琶解语。

姜夔《醉吟商小品》

2. 首尾连协，腰偶隔协例：

春日宴，绿酒一杯歌一遍。再拜陈三愿：一愿郎君千岁，二愿妾身常健，三愿如同梁上燕，岁岁长相见。

冯延巳《长命女》

庭院深深深几许？杨柳堆烟，帘幕无重数。玉勒雕鞍游冶处，楼高不见章台路。　雨横风狂三月暮。门掩黄昏，无计留春住！泪眼问花花不语，乱红飞过秋千去。

欧阳修《蝶恋花》

3. 整体连协例：

春艳艳，江上晚山三四点。柳丝如剪花如染。　香闺寂寂门半掩。愁眉敛，泪珠滴破胭脂脸。

冯延巳《归自谣》

风乍起，吹皱一池春水。闲引鸳鸯香径里，手挼红杏蕊。　　斗鸭阑干独倚，碧玉搔头斜坠。终日望君君不至，举头闻鹊喜。

冯延巳《谒金门》

塞下秋来风景异，衡阳雁去无留意。四面边声连角起。千嶂里，长烟落日孤城闭。　　浊酒一杯家万里，燕然未勒归无计。羌管悠悠霜满地。人不寐，将军白发征夫泪。

范仲淹《渔家傲》

这上面三例，说明上、去韵的韵位过密，也能够显示一种紧促的情调，适宜表达曲折变化、缠绵悱恻的凄惘心情；尤其是第三例，句句连协，旋折而下，一句一转，显示一种沉郁气氛。其中如《谒金门》、《渔家傲》以及第二例中的《蝶恋花》（一名《鹊踏枝》）也都有协入声韵的，那就不免化沉郁为激厉，情调又大不相同了。

接着，再谈一下唐、宋小令遇到需要表达激越矫健、高峭坚决的思想感情时，那短音促节的入声韵，是最适当不过的。略举数例如下：

1. 开端连协，中夹叠韵例：

箫声咽，秦娥梦断秦楼月。秦楼月，年年柳色，霸陵伤别。　　乐游原上清秋节，咸阳古道音尘绝。音尘绝，西风残照，汉家陵阙。

李白《忆秦娥》

2. 整体仄收，隔协入韵例：

无穷官柳，无情画舸，无根行客。南山尚相送，只高城人隔。　　罨画园林溪绀碧，算重来、尽成陈迹。刘郎鬓如此，况桃花颜色！

晁补之《忆少年》

3. 过片一句平收，余并仄收，隔协入韵例：

开时似雪，谢时似雪，花中奇绝。香非在蕊，香非在萼，骨中香彻。　　占溪风，留溪月，堪羞损、山桃如血。直饶更疏疏淡淡，终有一般情别。

晁补之《盐角儿》

4. 前两句一句平收，一句仄收，隔协入韵例：

摇首出红尘，醒醉更无时节。活计绿蓑青笠，惯披霜冲雪。　　晚来风定钓丝闲，上下是新月。千里水天一色，看孤鸿明灭。

朱敦儒《好事近》

5. 整体连协，结尾平收隔协例：

东风急，惜别花时手频执，罗帷愁独入。马嘶残雨春芜湿。倚门立，寄语薄情郎，粉香和泪泣。

牛峤《望江怨》

6. 通体连协入韵例：

何处笛？终夜梦魂情脉脉。竹风檐雨寒窗滴。　　离人数岁无消息。今头白，不眠特地重相忆。

冯延巳《归自谣》

杨柳陌，宝马嘶空无迹。新著荷衣人未识，年年江海客。　　梦觉巫山春色，醉眼飞花狼藉。起舞不辞无气力，爱君吹玉笛。

冯延巳《谒金门》

上面第一例，上片“咽”、“月”、“别”协三入，“月”又重叠一次；下片“节”、“绝”、“阙”协三入，“绝”又重叠一次。上下片的第四句原非韵位，但全用仄声（“色”入，“照”去），自然劲挺。从整个的音节探讨起来，是适宜表达激壮感情的。第二例，上片“客”和“隔”协，下片“碧”和“迹”、“色”协；虽然韵位相隔相当远，但其他句脚字如“柳”、“舸”、“送”、“此”都是仄声，与短促的入声韵连缀起来，也不能显示和谐而适成拗怒，所以它会成为激厉紧促的凄调。第三例，上片“雪”、“绝”、“彻”协三入，“雪”又重用一次；下片“月”、“血”、“别”也协三入；整体的句脚字，只“风”字是平，“蕊”、“萼”、“淡”皆仄。这作用与第二例全同，只过片的三言偶句，略感和谐而已。第四例，上片“节”、“笠”、“雪”和下片“月”、“色”、“灭”皆连协三入，显示情调的高峭；“笠”、“色”并非固定韵位，但这里全用入收，显示音节的拗怒；上下片首句“尘”、“闲”两字的平收，略有调剂。第五例，“急”、“执”、“入”、“湿”、“立”、“泣”六协入声韵，显示心情的紧促；只在曲终前安上一句平收的“郎”字，略为舒了一口气。整个的情调，是情急调苦的。第六例全部连协入声韵，没有一个异音的句脚字调剂其间，就更显得情调的紧张急迫了。

入声韵的特殊作用，在唐、宋词中，不论小令或长调，都是表现得非常突出的。到了《中原音韵》全用北音，把入声分派入平、上、去，它的特性也就随着消灭。这是语言变化的自然法则，不能把词、曲混为一谈的。

第十四章　韵位的平仄转换与表情的关系

每一个人的思想感情是瞬息变化的。跟随着感情的起伏变化，把它在文学语言上恰如其量地显示出来，那就有待于韵位的平仄转换。这手法，在劳动人民不断创作的实践中，早经积累了不少的经验，在前章溯源到《诗经》和《楚辞》时，已经约略谈过了。这个在艺术表现手法上的优秀传统，发展到了唐、宋间的长短句歌词，由于曲调的丰富多彩和声律论的普遍应用，得到多方面的启示，把音乐曲调和汉民族语言的特性，很巧妙地结合起来了。于是在歌词的韵位变化上，呈现出百花齐放的奇观，对表现各种起伏变化的思想感情，也就具备种种不同形式，一任作者选择。这转韵的表现手法，是唐中叶以迄五代时的民间艺人不断创造出来的，从而影响到专业文人，加以提炼确定，作为倚声家的共同法则。这转韵法则，有简单的和复杂的两种，兹为分别举例如下：

1. 上片仄韵，下片换平韵例：

莺啼残月，绣阁香灯灭。门外马嘶郎欲别，正是落花时节。　　妆成不画蛾眉，含愁独倚金扉。去路香尘莫扫，扫即郎去归迟。

韦庄《清平乐》

2. 单调小令平换仄例：

画舸停桡，槿花篱外竹横桥。水上游人沙上女，回顾，笑指芭蕉林里住。

欧阳炯《南乡子》

3. 上下片平仄四换（甲）例：

平林漠漠烟如织，寒山一带伤心碧。暝色入高楼，有人楼上愁。　　玉阶空伫立，宿鸟归飞急。何处是归程？长亭更短亭。

李白《菩萨蛮》

4. 上下片平仄四换（乙）例：

岸柳垂金线，雨晴莺百啭。家住绿杨边，往来多少年。

马嘶芳草远，高楼帘半卷。敛袖翠蛾攒，相逢尔许难！

顾敻《醉公子》

5. 上下片平仄四换（丙）例：

春花秋月何时了？往事知多少！小楼昨夜又东风，故国不堪回首月明中。　雕阑玉砌应犹在，只是朱颜改。问君能有几多愁？恰似一江春水向东流。

李煜《虞美人》

6. 上下片平仄四换（丁）例：

记得那年花下，深夜，初识谢娘时。水堂西面画帘垂，携手暗相期。　惆怅晓莺残月，相别，从此隔音尘。如今俱是异乡人，相见更无因。

韦庄《荷叶杯》

第一例，上片“月”、“灭”、“别”、“节”连协四入（亦可协上、去），显示紧促；下片“眉”、“扉”、“迟”换协三平，转成舒缓。上急迫而下缠绵，宜于表达两种不同情感的变化。第二例，“桡”和“桥”协两平，显示意态雍容；“女”、“顾”、“住”换协三仄，显示感情激动。第三例，上片“织”、“碧”协两入，“楼”、“愁”换两平；下片“立”、“急”转协两入（入可用上、去，视情感的缓急变化酌定），“程”、“亭”又换两平。这样匀称的平仄互换，先仄后平，一急一缓，恰与作者感情起伏相应，于紧促中见缠绵，是一个非常美听的调子。第四例，上片“线”、“啭”协两去，“边”、“年”换两平；下片“远”、“卷”转两上，“攒”、“难”又协两平。情调和第三例相仿，但四仄递用去、上，恰恰和少妇怀人的情感相当。这曲折委婉的内心变化，在这些韵位中是表达得异常深刻的。第五例，上片“了”、“少”协两上，“风”、“中”换两平；下片“在”、“改”转两上，“愁”、“流”又换两平。前短叹而后迂吁，于迫促中见缠绵悱恻的无穷情致，是这个曲调的特色。第六例，上片“下”、“夜”协两去，“时”、“垂”、“期”换三平；下片“月”、“别”转两入，“尘”、“人”、“因”又换三平。它的仄韵是向下透的，而且平仄韵的分量不相当，所以这四个仄韵，只起着加强音节化的作用，与前面提到的《女冠子》相同，仄韵只能居于宾位而已。

这上面所举，是比较简单的转韵例子。下面再谈比较复杂的：

1. 去平入三转兼两叠一倒例：

河汉，河汉，晓挂秋城漫漫。愁人起望相思，江南塞北别离。离别，离别，河汉虽同路绝。

韦应物《调笑令》

2. 平仄四转，下片增一韵位例：

玉炉香，红蜡泪，偏照画堂秋思。眉翠薄，鬓云残，夜长衾枕寒。　　梧桐树，三更雨，不道离情正苦。一叶叶，一声声，空阶滴到明。

温庭筠《更漏子》

3. 上入去入四转兼两个三叠例：

红酥手，黄縢酒，满城春色宫墙柳。东风恶，欢情薄。一怀愁绪，几年离索。错！错！错！　　春如旧，人空瘦，泪痕红浥鲛绡透。桃花落，闲池阁。山盟虽在，锦书难托。莫！莫！莫！

陆游《钗头凤》

4.平仄四转兼夹协例：

去去，何处？迢迢巴楚，山水相连。朝云暮雨，依旧十二峰前，猿声到客船。　　愁肠岂异丁香结？因离别，故国音书绝。想佳人花下，对明月春风，恨应同。

李珣《河传》

5. 平仄四转，不兼夹协例：

湖上，闲望。雨萧萧，烟浦花桥，路遥。

谢娘翠蛾愁不消，终朝，梦魂迷晚潮。　　荡子天涯归棹远。春已晚，莺语空肠断。若耶溪，溪水西，柳堤，不闻郎马嘶。

温庭筠《河传》

6.去入平三转兼夹协和抛线例：

空碛无边，万里阳关道路。马萧萧，人去去，陇云愁。　　香貂旧制戎衣窄，胡霜千里白。绮罗心，魂梦隔，上高楼。

孙光宪《酒泉子》

花映柳条，吹向绿萍池上。凭阑干，窥细浪，雨萧萧。　　近来音信两疏索，洞房空寂寞。掩银屏，垂翠箔，度春宵。

温庭筠《酒泉子》

7. 平仄转夹协兼抛线例：

汉使昔年离别，攀弱柳，折寒梅，上高台。　　千里玉关春雪，雁来人不来。羌笛一声愁绝，月徘徊。

温庭筠《定西蕃》

8. 平仄递转，仄多于平例：

万枝香雪开已遍，细雨双燕。钿蝉筝，金雀扇，画梁相见。雁门消息不归来，又飞回。

温庭筠《蕃女怨》

上面第一例，“汉”、“漫”协两去，“汉”又重叠一次；“思”、“离”换两平；“别离”倒作“离别”转下，“别”、“绝”协两入，“别”又重叠一次。这样平、仄递转，宛转相生，用来表达曲折变化的感情，是非常适合的，所以又叫《转应曲》。第二例，上片“泪”、“思”协两去，“残”、“寒”换两平；下片“树”、“雨”、“苦”转三仄，“声”、“明”又换两平。这样均匀的换韵，恰好表现情调的一起一落；下片多协一仄，是表示感情变化时的激动状态。第三例，上片“手”、“酒”、“柳”协三上，“恶”、“薄”、“索”、“错”换四入，“错”又重叠两次，表示无穷的感叹；下片“旧”、“瘦”、“透”转三去，“落”、“阁”、“托”、“莫”换四入，“莫”又重叠两次，再一次表示无穷的感叹。这个调子，每句都用仄收，所转的又都是仄韵，与主要的短促的入声韵结合起来，显示作者心情的悲怨之极，凄咽几乎不能出声。这也是唐、宋小令中生面别开的创作，使人读了为下同情之泪。第四例，上片“去”、“处”连协两仄，“雨”隔协一仄，“连”、“前”、“船”换协三平；下片“结”、“别”、“绝”转协三入，“风”、“同”换协两平。这样错综复杂的变化韵位，也是为了增加声容之美而已。第五例，上片“上”、“望”协两去，“萧”、“桥”、“遥”、“消”、“朝”、“潮”换协六平，且多短句，表示感情的紧促和低抑；下片“远”、“晚”、“断”转协三仄，“溪”、“西”、“堤”、“嘶”又换四平，作用和上片相仿。这是适宜于表达缠绵低抑的离愁别恨的。第六例，上片“路”、“去”协两去，“愁”字孤零零的，却和抛线一般，与下片的“楼”字结合，遥协两平；下片“窄”、“白”、“隔”换协三入，“隔”字隔着一个平收的句子，也有些像抛线的状态。这种格式，大概也只是为了音节上的错综变化，宋人是很少使用的。温庭筠的那一首，上片“上”、“浪”协两去，“萧”和下片的“宵”遥协两平；下片“索”、“寞”、“箔”换协三入。两作的韵位变换都是比较奇特的。第七例，上片发端的“别”也是孤零零的，像抛线般抛向下片的“雪”、“绝”，遥相结合；上片的“梅”、“台”和下片的“来”、“徊”共协四平。这也是显示错综变化的特殊情调。据《旧唐书·文苑传》说温庭筠“能逐弦吹之音，为侧艳之词”。他既是一个精通乐律者，那末，像上面所举《酒泉子》、《定西蕃》这一类的特殊形式，该是与这些曲调的音节有密切关系的。第八例是单调小令，“遍”、“燕”、“扇”、“见”共协四去，“来”、“回”转协两平。这种不均匀的转韵，也是与表情的变化有不可分割的关系的。且看它的前面虽然不免睹物伤情，但对着这阳春美景，还在定神赏玩；后来想到边信杳然，突转低抑情调。这都是可以从音节上体会出来的。

看了上面许多例子，可知韵位的变化和四声韵部的不同性质，在表达不同情感的关系上，占多么重要的地位。这里不过略略引出一些端绪来加以分析，以见唐、宋小令在艺术性上的丰富多彩而已。

还有一个调子中，平、仄韵同部互协的。但平或仄都有固定的韵位，与南、北曲的四声通协有所不同。例如《西江月》：

明月别枝惊鹊，清风半夜鸣蝉。稻花香里说丰年，听取蛙声一片。　七八个星天外，两三点雨山前。旧时茅店社林边，路转溪桥忽见。

辛弃疾《夜行黄沙道中》

这“蝉”、“年”、“前”、“边”都在平声“先”韵内，“片”、“见”在词韵中也属同部，所以平仄韵互协，反而可以增加它的声情之美。但这两个仄韵，必须安排在两个结句上，才显得和谐有力。

还有某些小令，原用入声韵的，往往可以改作平韵。大概因为入声延长，就可以转成平声，所以倚声家过去有所谓以入作平的说法。例如《忆秦娥》，一般都是用入声韵，但宋人改用平韵的，也大有人在。且举贺铸一首：

晓朦胧，前溪百鸟啼匆匆。啼匆匆，凌波人去，拜月楼空。　去年今日东门东，鲜妆辉映桃花红。桃花红，吹开吹落，一任东风。

我们只要把李白用入声韵的拿来比较一下，把在韵位上的入声字都改作平声，再把上、下片最末一句的仄平平仄改作仄仄平平，就成功了，情调却完全变了质。可见四声韵部，对表情的关系，确是相当重大的。

还有文人故弄花样的特殊形式，叫做什么“福唐独木桥体”，是隔句用个同样字作韵脚。例如黄庭坚用《阮郎归》调写的《茶词》：

> 烹茶留客驻雕鞍，月斜窗外山。别郎容易见郎难，有人思远山。　　归去后，忆前欢，画屏金博山。一杯春露莫留残，与郎扶玉山。

这只是一种文字游戏，在艺术上，是没有多大价值的。

第十五章　宋词长调的结构和声韵安排

历来谈唐、宋长短句歌词的人，都把这种新兴文学形式，分成令、引、近、慢四种。它的差别，原来是音乐上的关系，而不是单独指篇幅的短长。在《宋史·乐志》中，只有急曲和慢曲之分，但也不曾说过慢曲就是长调。分小令、中调、长调三种名称，据万树《词律》说是从《草堂诗馀》开始的（《草堂诗馀》传为宋人所选，但版本流传，递有增改。今所见洪武刊本，并无小令、中调、长调的说法，不知万树《词律》所云，是何种版本）。清初人毛先舒作《填词名解》，就依照这个分类法，并且说："凡填词，五十八字以内为小令，自五十九字始至九十字止为中调，九十一字以外者俱长调也。此古人定例也。"（《填词名解》卷一《红窗迥》条）这个说法，如万树所指出，是不足为据的。在张炎《词源》卷下《音谱》篇中，把慢曲、引、近，都称作"小唱"，是对大曲和法曲而言。提到“小唱”的唱法，他说：“须得声字清圆，以哑筚篥合之，其音甚正，箫则弗及也。慢曲不过百余字，中间抑扬高下，丁抗掣拽，有大顿、小顿、大住、小住、打、掯等字，真所谓‘上如抗，下如坠，曲如折，止如槁木，倨中矩，句中钩，累累乎端如贯珠’之语，斯为难矣。”这里说明慢曲、引、近的音乐关系，在宋代都是一些清唱曲子。这些清唱曲，有的出于民间创作；有的出于教坊翻造；也有的是从大曲或法曲中裁截一段下来单独使用。据王灼说：“凡大曲，就本宫调制引、序、慢、近、令，盖度曲者常态。”（《碧鸡漫志》卷三《甘州》条）这样看起来，引、序、慢、近、令原来都是可以从大曲里面截出一段来的。王灼又说：“《甘州》，世不见，今仙吕调有曲破，有八声慢，有令，而中吕调有《象甘州八声》；他宫调不见也。”查柳永《乐章集》，《八声甘州》恰是仙吕调，那当然就是王灼所说的“八声慢”。这慢曲只九十七字。再看姜夔的《霓裳中序第一》，却有一百零一字；又《念奴娇》别名《百字令》。这一切都说明，引、序、慢、近、令等名称，只是音乐性质的不同，不是篇幅长短的关系；不过，一般小令都是比较短些。今所传唐、宋人词，在所用曲调上标明了令、慢、序、引、近等字样，自然容易辨别；但大多数都没有这类标记，究竟哪些是急曲，哪些是慢调，自从曲谱散亡以后，是很难一一查考出来的。我疑心就是标明了“慢”字的长调，在一曲之中，也有它的抑扬高下、轻重缓急的不同音节。譬如周邦彦的《兰陵王》，据陈元龙注的《片玉集》，标了“越调”二字，当然就是王灼所说“三段、二十四拍”的《越调兰陵王》（《碧鸡漫志》卷四）；而它的末段如毛幵在《樵隐笔录》中所说是“声尤激越”的。毛幵标明它是《兰陵王慢》；但据王灼说，宋代“又有《大石调兰陵王慢》，殊非旧曲”，而毛幵认为可能是北齐遗声的《越调兰陵王》却不曾加上“慢”字。如果不是慢曲中也有急调，就是周邦彦所用的《越调兰陵王》原是急曲，毛幵把它错认为大石调的《兰陵王慢》，是不合本曲的声情的。

我们现在要研究宋词长调的结构和它的组织法式，也就只能在整阕的声韵安排和章法句法方面加以分析，求得哪些调子适宜于表达哪一类的思想感情。归根究底，仍不外乎应用“奇偶相生”、“轻重相权”的两条基本法则，予以灵活运用而已。

这里所说的长调，姑指从九十字以上的《八声甘州》到二百四十字的《莺啼序》：有的是唐人遗制，如《双调雨霖铃慢》（《乐章集》作《雨霖铃》，注“双调”，未标“慢”字），王灼以为“颇极哀怨，真本曲遗声”（《碧鸡漫志》卷五）者是；有的是宋教坊所作新腔，如柳永《乐章集》中所用的许多长调都是；有的是音乐家兼文学家所创作，如周邦彦《清真集》中某些长调和姜夔《白石道人歌曲》十七支自度曲中若干长调是；当然也有很多是民间艺人的创作，所谓“开元以来，歌者杂用胡夷里巷之曲”（《旧唐书·音乐志》）者是。

长调不论是急曲或慢曲，它的作法都和小令有所不同。它的声韵安排和篇章结构，都是比较复杂而严密得多的。每一个曲调的高低抑扬的音节，必须和作者所欲表达的起伏变化的思想感情相应，而在声韵组织上要取得和谐与拗怒的矛盾的统一，我们在前面已经提到过了。关于“轻重相权”的音节问题，前面两章中也都有过一些分析，现在先来谈谈“奇偶相生”在长调结构上的主要作用。长调是篇幅较大的东西，所以在布局方面，必得先有一个打算；运用辞赋家铺张排比的手法，是颇适宜于写作长调歌词的。张炎在论《制曲》篇中，提到作慢词的方法，说道：“作慢词，看是甚题目，先择曲名，然后命意；命意既了，思量头如何起、尾如何结，方始选韵，而后述曲；最早过片不要断了曲意，须要承上接下。”（《词源》卷下）所以要“先择曲名”，是考虑这个词牌所表达的声情与自己所要表达的思想感情能否相应，这就是填词家所谓选调问题。韵部关系整个声情的变化，有的适宜表达豪壮激烈情感，有的适宜表达哀怨缠绵情感，非得注意选用，才能恰如其分地把各种不同情感充分表达出来，这就是填词家所谓选韵问题。因为长调的园地比较宽广，只有预先作好布置，把宾主陪衬给以适当安排，才能运用巧妙的艺术手法，引人入胜，这就是填词家所谓布局问题。要作成一首动人的好词，这三个问题，都非全面考虑不可。至于“命意”，是千变万化的，要作具体的分析，不是本编范围内的事，也不是几句话可以说了。这里只能就选调、选韵、布局三个问题，在宋词代表作中，举些例证给以具体分析，作为进一步研究宋词长调的声律问题的开端。

这里先谈布局问题，也就是应用“奇偶相生”的基本法则来分析一下某些词牌的结构问题。有的调子，是偶多于奇的，适宜于描写雍容宽绰的气度或缠绵舒缓的感情。有的调子，是奇多于偶的，适宜于表达曲折变化的感情或凄壮萧飒的场面。下面就平韵的长调，先来谈谈这个“奇偶相生”的问题，附带说明选韵和表情的重要关系。

例一（甲）

苏轼《沁园春·赴密

州，早行，马上寄子由》：

孤馆灯青，野店鸡号，旅枕梦残。渐月华收练，晨霜耿耿；云山摛锦，朝露漙漙。世路无穷，劳生有限，似此区区长鲜欢。微吟罢，凭征鞍无语，往事千端。　当时共客长安，似二陆初来俱少年。有笔头千字，胸中万卷；致君尧舜，此事何难。用舍由时，行藏在我，袖手何妨闲处看。身长健，但优游卒岁，且斗尊前。

例一（乙）

辛弃疾《沁园春·再到期思卜筑》：

一水西来，千丈晴虹，十里翠屏。喜草堂经岁，重来杜老；斜川好景，不负渊明。老鹤高飞，一枝投宿，长笑蜗牛戴屋行。平章了，待十分佳处，着个茅亭。　青山意气峥嵘，似为我归来妩媚生。解频教花鸟，前歌后舞；更催云水，暮送朝迎。酒圣诗豪，可能无势？我乃而今驾驭卿。清溪上，被山灵却笑，白发归耕。

例一（丙）

刘克庄《沁园春·梦孚若》：

何处相逢？登宝钗楼，访铜雀台。唤厨人斫就，东溟鲸脍；圉人呈罢，西极龙媒。天下英雄，使君与操，余子谁堪共酒杯？车千辆，载燕南赵北，剑客奇才。　饮酣画鼓如雷，谁信被晨鸡轻唤回。叹年光过尽，功名未立；书生老去，机会方来。使李将军，遇高皇帝，万户侯何足道哉！披衣起，但凄凉感旧，慷慨生哀。

这个调子，第一、二、三句成一片断，或两个对句，一个单句，或全用单句。每句都是平声落脚，情调是比较低抑的。接着用一个仄声字（最好是去声字）领下四个四言偶句，显示格局的开张，音响也渐由低转高；第四、五句的全用仄收，稍见拗怒，也就把前三句的低抑情调突然激了起来。四句成一片断。接着又是两个四言偶句，缀上一个七言单句成一片断，又把上面过于整齐的形式，疏宕一下，显示感情的由缓转急，引起下面的三言句，作为转关；再用一个仄声字领起下面两个四言偶句，作为上半阕的结束。过片处连用两个韵脚，从上半阕的结尾转出另外一层意境来，情调更趋紧促。以下各个片断的句法和韵脚，都与上半阕第四句以下相同。这许多偶句，都是适宜铺张排比，显示壮阔局面的关键所在。有的利用一个领字把整齐的队伍统帅起来；有的利用一个单句把偶句疏动一下，使它变得非常灵活。这就便于驱使心胸中的豪迈气概，又宽展，又有劲。所以一般豪放派作家，都爱选用这个调子来抒写他的壮阔襟抱。

例二

张耒《风流子》：

木叶亭皋下，重阳近，又是捣衣秋。奈愁入庾肠，老侵潘鬓，漫簪黄菊，花也应羞。楚天晚，白蘋烟尽处，红蓼水边头。芳草有情，夕阳无语；雁横南浦，人倚西楼。　　玉容知安否？香笺共锦字，两处悠悠。空恨碧云离合，青鸟沉浮。向风前懊恼，芳心一点，寸眉两叶，禁甚闲愁？情到不堪言处，分付东流。

这个调子的偶句之多，仿佛与《沁园春》不相上下；但它却不适宜于表达豪情壮采。我们试加比较一下，这上半阕共有八个四言偶句，两个五言偶句，虽然前面的四言偶句，有个去声领字，而所有偶句的落脚字都是一平一仄，交错使用的。这在形式上过于齐整，在音节上也太和谐，格局宽展有余而转换乏劲，这就造成了它的呆板性和软弱性，只适宜于抒写柔情。

这上面都是偶多于奇的例子。

例三（甲）

柳永《八声甘州》：

对潇潇暮雨洒江天，一番洗清秋。渐霜风凄紧，关河冷落，残照当楼。是处红衰翠减，苒苒物华休。惟有长江水，无语东流。　　不忍登高临远，望故乡渺邈，归思难收。叹年来踪迹，何事苦淹留？想佳人、妆楼颙望，误几回、天际识归舟。争知我、倚阑干处，正恁凝愁。

例三（乙）

苏轼《八声甘州·寄参寥子》：

有情风万里卷潮来，无情送潮归。问钱塘江上，西兴浦口，几度斜晖？不用商量今古，俯仰昔人非。谁似东坡老，白首忘机？　　记取西湖西畔，正春山好处，空翠烟霏。算诗人相得，如我与君稀。约他年、东还海道，愿谢公、雅志莫相违。西州路、不应回首，为我沾衣。

例三（丙）

辛弃疾《八声甘州·夜读〈李广传〉，不能寐，因念晁楚老、杨民瞻约同居山间，戏用李广事赋以寄之》：

故将军饮罢夜归来，长亭解雕鞍。恨灞陵醉尉，匆匆未识，桃李无言。射虎山横一骑，裂石响惊弦。落魄封侯事，岁晚田园。　　谁向桑麻杜曲？要短衣匹马，移住南山。看风流慷慨，谈笑过残年。汉开边、功名万里，甚当时、健者也曾闲？纱窗外、斜风细雨，一阵轻寒。

例三（丁）

吴文英《八声甘州·灵岩陪庾幕诸公游》：

渺空烟四远，是何年青天坠长星？幻苍崖云树，名娃金屋，残霸宫城。箭径酸风射眼，腻水染花腥。时靸双鸳响，廊叶秋声。　　宫里吴王沉醉，倩五湖倦客，独钓醒醒。问苍天无语，华发奈山青。水涵空、阑干高处，送乱鸦、斜日落渔汀。连呼酒、上琴台去，秋与云平。

《甘州》原来是唐人所谓边塞曲之一，声情是激壮的。这个“八声慢”从歌词的组织形式看起来，该是曼声促节兼而有之的。上面所举的四个例子，开端两句有些出入，当然该以柳词为标准。但这个曲调的激壮声情，也适合苏、辛派的口味。这第一、二句都用平声落脚，却不是连押两韵，情调也就有些低抑，与《沁园春》的发端相仿；但第一字就用一个去声的“对”字领起下文，便觉逆入有势，能够把下面的低抑情调振起。接着又用一个去声的“渐”字领起下面两个四言偶句、一个四言单句；而这三句的落脚字，前二仄而后一平，也能显示音节的矫健。第六、七句上六、下五，落脚字一仄一平；第八、九句上五、下四，落脚字也是一仄一平，这在音节上是异常和谐的；而在句法上则参差错落，移步换形，极尽变化。下半阕过片处连用两个仄声字落脚，第二句却用一个去声的“望”字，挺接上句，领起下面两个四言句，刚作一小顿，立即再用一个去声的“叹”字作为转关，领下一个四言、一个五言句子。第六句改用上三下四的七言句式，再着一个去声的“误”字作为第六、七两句的关纽；这样筋摇骨转，百折千回，逼出精彩的收尾。第八句也是用的上三下四的句式，而下四字又是上一下三，掩抑有致；结以四字平收，一正一奇，使人抚玩不尽。这样变化多端的格局，适宜表达曲折变化、激壮苍凉的情绪，是苏、辛、吴三家所共同理解的。但是这个发端逆入的妙用，三家都不曾顾到；“倚阑干处”的上一下三，也只有吴文英的“上琴台去”与柳词相合。这证明苏、辛派词家对音律是不够严密的。

例四

柳永《玉蝴蝶》：

望处雨收云断，凭阑悄悄，目送秋光。晚景萧疏，堪动宋玉悲凉。水风轻、蘋花渐老，月露冷、梧叶飘黄。遣情伤，故人何在？烟水茫茫。　难忘，文期酒会，几孤风月，屡变星霜。海阔山遥，未知何处是潇湘？念双燕、难凭远信，指暮天、空识归航。黯相望，断鸿声里，立尽斜阳。

这个曲调的组成，也是应用“奇偶相生”、“轻重相权”的基本法则，略加变化而来的。它的上、下片都有上三、下四的两个七言偶句；下片又多两个四言偶句，构成它那“奇偶相生”的格局。整阕的句脚字，也多是平仄相间，构成和谐的音节；只上片的第四、五句，下片的第五、六句，连用平收，构成低抑的情调。这种曼声低唱，是只适宜于表达伤离念远的柔情的。

上面第三例是奇多于偶，第四例是奇偶约略相当的。由于格局的不同，因而所显示的声情也随着变化。第一章所举的《满庭芳》、《望海潮》、《木兰花慢》、《忆旧游》、《高阳台》等调，也都可以拿来参互比较，找出它的不同格局来。

接着再来看看奇数句式过多，对长调的构成和它所表达的思想感情有何等重要的关系。例如《六州歌头》原来是个十分激壮的调子，据《演繁露》说："《六州歌头》，本鼓吹曲也。近世好事者，倚其声为吊古词，音调悲壮，又以古兴亡事实文之。闻其歌，使人慷慨。"我们试就宋人遗作，加以比较，感到这个曲调所以组成悲壮音节，而能使听者激发"慷慨"的心情，主要是由于它运用了许多三言短句，构成激越紧张的繁音促节，使情调自然趋于激壮。我认为这该是属于急曲一类的长调，不能把它当作慢词。虽然这个调子构成了这种格局，但由于选韵的不同，也可以使它所显示的声情发生根本的变化。举例如次：

1. 贺铸作《少年侠气》：

少年侠气，交结五都雄。肝胆洞，毛发耸。立谈中，死生同，一诺千金重。推翘勇，矜豪纵，轻盖拥，联飞鞚，斗城东。轰饮酒垆，春色浮寒瓮，吸海垂虹。闲呼鹰嗾犬，白羽摘雕弓，狡穴俄空，乐匆匆。　　似黄粱梦，辞丹凤；明月共，漾孤篷。官冗从，怀倥偬，落尘笼，簿书丛。鹖弁如云众，供粗用，忽奇功。笳鼓动，渔阳弄，思悲翁，不请长缨，系取天骄种，剑吼西风。恨登山临水，手寄七弦桐，目送归鸿。

2. 张孝祥作《建康留守席上赋》：

长淮望断，关塞莽然平。征尘暗，霜风劲，悄边声，黯消凝。追想当年事，殆天数，非人力，洙泗上，弦歌地，亦膻腥。隔水毡乡，落日牛羊下，区脱纵横。看名王宵猎，骑火一川明，笳鼓悲鸣，遣人惊。　　念腰间箭，匣中剑，空埃蠹，竟何成！时易失，心徒壮，岁将零。渺神京，干羽方怀远，静烽燧，且休兵。冠盖使，纷驰骛，若为情？闻道中原遗老，常南望、翠葆霓旌。使行人到此，忠愤气填膺，有泪如倾。

3. 刘过作《题岳鄂王庙》：

中兴诸将，谁是万人英？身草莽，人虽死，气填膺，尚如生。年少起河朔，弓两石，剑三尺，定襄汉，开虢洛，洗洞庭。北望帝京，狡兔依然在，良犬先烹。过旧时营垒，荆鄂有遗民，忆故将军，泪如倾。　说当年事，知恨苦，不奉诏，伪耶真？臣有罪，陛下圣，可鉴临，一片心。万古分茅土，终不到，旧奸臣。人世夜，白日照，忽开明。衮佩冕圭百拜，九原下，荣感君恩。看年年三月，满地野花春，卤簿迎神。

4. 辛弃疾作《属得疾暴甚，医者莫晓其状，小愈困卧无聊，戏作以自释》：

晨来问疾，有鹤止庭隅。吾语汝：只三事，太愁予。病难扶，手种青松树，碍梅坞，妨花径，才数尺，如人立，却须锄。（其一）秋水堂前，曲沼明于镜，可烛眉须。被山头急雨，耕垄灌泥涂。谁使吾庐，映污渠？（其二）　叹青山好，檐外竹，遮欲尽，有还无。删竹去，吾乍可，食无鱼。爱扶疏，又欲为山计。千百虑，累吾躯。（其三）

凡病此，吾过矣，子奚如？口不能言臆对：虽卢扁、药石难除。有要言妙道（事见《七发》），往问北山愚，庶有瘳乎？

5. 韩元吉作《桃花》：

东风着意，先上小桃枝。红粉腻，娇如醉，倚朱扉。记年时，隐映新妆面，临水岸，春将半，云日暖，斜桥转，夹城西。草软莎平，跋马垂杨渡，玉勒争嘶。认蛾眉凝笑，脸薄拂胭脂。绣户曾窥，恨依依。　共携手处，香如雾，红随步，怨春迟。消瘦损，凭谁问？只花知，泪空垂。旧日堂前燕，和烟雨，又双飞。人自老，春长好，梦佳期。前度刘郎，几许风流地，花也应悲。但茫茫暮霭，目断武陵溪，往事难追。

这上面五首《六州歌头》，都是用的同一曲调，而且作者的性格也有几分相同；但这些作品的情调颇不一致，前三首比较豪壮，后二首转成衰飒。这关系就全在选韵方面。这个调子全以三、四、五言的句式，参差错落地构成，使用三言竟至二十多句，过片处的四言，除掉头一个仄声字领起下文，实际也是三言句式。运用这样多的短句，一气旋折而下，几乎使人没有停顿的可能；直到换了四言或五言的地方，才得舒一口气。像这样紧张的格局，原是适宜表达豪壮激烈的思想感情的。贺铸选用了洪亮的“东钟”部韵，而且兼叶平、上、去三声，几乎每句叶韵，参差互叶，这样恰恰烘托出他那激昂奋厉的悲壮怀抱，对这个曲调的声情是最吻合的。张孝祥选用了清劲的“庚青”部韵来表达他那爱国伤时的愤慨心情，也能使读者产生共鸣；但没有兼叶仄韵，在繁音促节上，视贺作是稍有逊色的。刘过所要表达的内容，也是悲壮激烈的，但他用韵太杂。他兼用了“庚青”、“真文”、“侵寻”三部韵，这是南宋初期词中所少见的（这里所说的韵部，是借用周德清《中原音韵》的十九部。刘过把闭口韵的“侵寻”部也与“庚青”、“真文”合用，可见汉语的实际变化，是由来已久的）。而且，词中有些句子没有经过锤炼，声音是哑的。这样，它的内容与形式就不能相称，是有很大缺陷的。辛弃疾选用了含混不清的“鱼模”部韵来表达他那强作达观的抑塞心情，韩元吉选用了萎靡不振的“支思”部韵来表达他那绸缪宛转的哀怨心情，虽然保持着这个曲调的紧张迫促情调，但本质起了变化。这只要细心体会一下，就可以分辨出来的。韩作也兼叶仄韵，如以“支思”部的“腻”、“醉”，“先天”部的“面”、“岸”、“半”、“暖”、“转”，“鱼模”部的“处”、“雾”、“步”，“真文”部的“损”、“问”，“萧豪”部的“老”、“好”，与“支思”部的平声主韵参差夹协，也能增强本曲的紧促情调；但从整体看来，内容和形式的结合是不很相称的。从这五个例子可以看出，要作好一首满意的歌词，对选调和选韵，是应该兼顾并重的。

适用平声韵的长调，还有一百三十九字的《鸭头绿》（一名《多丽》）和二百一十二字的《戚氏》，音节都是很美的。在这类长调中，更要注意它的“奇偶相生”和开阖变化的格局，才能安排适当，引人入胜。

例一

晁端礼《鸭头绿》：

晚云收，淡天一片琉璃。烂银盘、来从海底，皓色千里澄辉。莹无尘、素娥淡伫，静可数、丹桂参差。玉露初零，金风未凛，一年无似此佳时。露坐久、疏萤时度，乌鹊正南飞。瑶台冷、阑干凭暖，欲下迟迟。　念佳人、音尘隔后，对此应解相思。最关情、漏声正永，暗断肠、花影潜移。料得来宵，清光未减，阴晴天气又争知？共凝恋、如今别后，还是隔年期。人强健、清尊素影，长愿相随。

这上、下片都有两个七言偶句，而它的句式又是上三下四的；这也是“奇偶相生”的另一方式。“玉露初零，金风未凛”和“料得来宵，清光未减”，原来也都是四言偶句形式，而一对一不对，又是另外一种变化。每个句子中的平仄安排，除了上片的“皓色千里”四字和“露坐久”三字，下片的“对此应解”四字，有些拗犯外，其他都是“轻重相权”，非常和谐的。整体用三、四、五、六、七各种不同句式参互构成，显示音节上的抑扬骀荡之美，恰与作者所要表达的内容相称。这上片铺写中秋赏月的愉快心情，下片转入伤离念远的悲凉情调，一结兜转，归到平生心愿，保持着温柔宛转的韵致，是非常谐婉动听的。

例二

柳永《戚氏》：

晚秋天，一霎（作平）微雨洒庭轩。槛菊萧疏，井梧零乱，惹残烟。凄然，望江关，飞云黯淡夕阳间。当时宋玉悲感，向此临水与登山。远道迢递，行人凄楚，倦听陇水潺湲。正蝉吟败叶，蛩响衰草，相应喧喧。　孤馆，度日如年。风露渐变，悄悄至更阑。长天净，绛河清浅，皓月婵娟。思绵绵。夜永对景，那堪屈指，暗想从前。未名未禄，绮陌红楼，往往经岁迁延。　　帝里风光好，当年少日，暮宴朝欢。况有狂朋怪侣，遇当歌对酒竞留连。别来迅景如梭，旧游似梦，烟水程何限！念利名憔悴长萦绊，追往事、空惨愁颜。漏箭移、稍觉轻寒，听呜咽（作平）画角数声残。对闲窗畔，停灯向晓，抱影无眠。

这长调共分三叠，全阕以平韵为主，兼协同部仄韵，借以调节感情的缓急，不论在句法上、韵位上、格局上都是变化多端的；因而在长篇巨幅中，决然看不到平直呆板的毛病。第一叠如“槛菊萧疏，井梧零乱”，“远道迢递，行人凄楚”，“蝉吟败叶，蛩响衰草”，都是四言偶句；而“远道迢递”、“蛩响衰草”，却用拗怒的句法。余如“宋玉悲感”和“向此临水”都用仄仄平仄，也是拗句。有了这许多拗句和其他平句参差相错，显示和谐与拗怒的统一。韵脚有的连协两句，如“天”、“轩”；有的连协三句，如“然”、“关”、“间”；有的隔两句协；有的隔三句协：显示情感的忽急忽缓，好像波澜起伏，极掩抑低回之致。还有一个去声的“正”字领下两个四言偶句，一个单句；而偶句之中又是一平一拗，跌宕生姿。第二叠“风露渐变”的平仄仄仄，“夜永对景”的仄仄仄仄，“往往经岁”的仄仄平仄，都是一些拗句，而“绛河清浅，皓月婵娟”两偶句，却又异常和谐，更与许多平句结合起来，显示抑扬交错。“绮陌”二句全用平收，略转低抑。这格局和第一叠完全两样。“变”、“浅”夹协两仄，使音节上发生一些变化，更觉美听。第三叠共用三个以去声字领起下七字的八言句，显示无限的感叹，拖出长音；又用两个上一、下三的四言单句（即“当年少日”和“对闲窗畔”）两句，承上转下，备觉有力。“迅景如梭，旧游似梦”却是两个和谐的偶句，把紧促情调和缓下来；接着又连协两个去声韵的“限”、“绊”，把它激起，作为篇中的眉目；下面又连协三个平韵的“颜”、“寒”、“残”，骤转凄咽低沉，逼出无限悲凉的结尾。这三叠的形式，各不相同，音节亦多变幻。作者运用大开大阖的笔调，在第一叠全写当前景物，引出第二叠的触景生情，第三叠又从第二叠的后半推进，直到“遇当歌对酒竞留连”，极写“暗想从前”的赏心乐事；“别来”以下骤然一跌，今昔作一对比，说不尽的凄凉感慨。这起伏变化的思想感情，是和本调的格局情调，非常相称的。

在宋词长调中平、仄韵互协的，也有各式各样的不同情调。兹更举例，略加分析：

1. 全用平韵，中协一仄例：

甲、苏轼《醉翁操》：

琅然，清圜，谁弹？响空山，无言，惟翁醉中知其天。月明风露娟娟，人未眠。荷蒉过山前，曰有心也哉此贤。　　醉翁啸咏，声和流泉。醉翁去后，空有朝吟夜怨。山有时而童巅，水有时而回川，思翁无岁年。翁今为飞仙，此意在人间，试听徽外三两弦。

这是北宋时人沈遵作的琴曲。据苏轼的序文，是描写滁州琅琊山中的空涧鸣泉，“节奏疏宕而音指华畅”。后来又经庐山玉涧道人崔闲重为记谱，并请苏轼填词，把它流传于世。这前面用的四个二言短句，句句协韵，显示琴曲的特点，是雍容和雅的。三个七言单句，有的是平平仄平平平平（惟翁醉中知其天），有的是仄仄平仄平仄平（曰有心也哉此贤），有的是仄平平仄平仄平（试听徽外三两弦），都构成特殊的音节。全阕用仄声落脚的，只有“咏”、“后”、“怨”三字；“怨”字兼协仄韵。在“然”、“圜”、“弹”、“山”、“言”、“天”、“娟”、“眠”、“前”、“贤”、“泉”、“巅”、“川”、

“年”、“仙”、“间”、“弦”等一大群平韵中，夹上这一个仄韵的“怨”字，把和平的音节稍稍振起，显示一点悼念昔贤的意思，很快又归于雍容和雅。这在词调中是少见的。

乙、周邦彦《渡江云》：

晴岚低楚甸，暖回雁翼，阵势起平沙。骤惊春在眼，借问何时，委曲到山家？涂香晕色，盛粉饰、争作妍华。千万丝、陌头杨柳，渐渐可藏鸦。　堪嗟，清江东注，画舸西流，指长安日下。愁宴阑，风翻旗尾，潮溅乌纱。今宵正对初弦月，傍水驿、深舣蒹葭。沉恨处，时时自剔灯花。

在这个调子中，没有一个拗句；四个偶句也都是平仄和谐的。句脚字或两仄一平，或一仄两平，或一仄一平，相错使用，也都构成抑扬和婉的音节。全阕的主韵，有“沙”、“家”、“华”、“鸦”、“嗟”、“纱”、“葭”、“花”等八个；唯独在过片后的第四句必须兼协一个仄声的“下”字，把精神振起。这由于前片多是参差错落的单句，而且如“盛粉饰、争作妍华”和“千万丝、陌头杨柳”都是上三下四的特殊句法，构成了它的摇曳姿态，过片忽由散趋整，在一个二言、两个四言偶句之下，要作一个停顿，而且用的是上一下四的五言句式；如果仍用平韵，就会显得平板，无论在音节上、格局上都会感到疲苶乏力。下面接着一个三言平收句，再加两个四言偶句，调剂一下，更显出高低抑扬的美妙音节。“今宵”两句虽同是七言，而上句是上四下三，下句是上三下四，形式也是变化的。结以三言一句，六言一句，一掩一抑，极婉曲缠绵之致。这个调子是适宜表达温婉悲凉情绪的。

2. 本用平韵，兼协仄韵例：

甲、全体平韵，上下片各夹协二仄例：

韩元吉《水调歌头·九日》：

> 今日俄重九，莫负菊花开。试寻高处，携手蹑屐上崔嵬。放目苍崖千仞，云护晓霜成阵，知我与君来。古寺倚修竹，飞槛绝纤埃。　　笑谈间，风满座，酒盈杯。仙人跨海，休问随处是蓬莱。落日平原西望，鼓角秋深悲壮，戏马但荒台。细把茱萸看，一醉且徘徊。

这个调子适宜表达激壮豪爽的情调，在第一章已举苏轼词为例，分析说明过了。韩元吉就是依照苏体，夹协了四个仄韵，如上片“仞”与“阵”协，下片“望”与“壮”协。这在整体平韵中，造成比较紧张的气氛，使人感到它的繁音促节，劲峭有力。本章上面所举韩元吉的《六州歌头》，也是采用同样手法。

乙、全体用同部韵平仄递协例：

贺铸《水调歌头·台城游》：

> 南国本潇洒，六代浸豪奢。台城游冶，擘笺能赋属宫娃。云观登临清夏，璧月留连长夜，吟醉送年华。回首飞鸳瓦，却羡井中蛙。　　访乌衣，成白社，不容车。旧时王谢，堂前双燕过谁家？楼外河横斗挂，淮上潮平霜下，樯影落寒沙。商女篷窗罅，犹唱《后庭花》。

这首词除原有的平声韵位外，每句都兼押一个同部的仄韵（只“访乌衣”一句不押韵）；这就更加能够激发本调的声情之美。贺铸选用“麻”韵，音响高华，情调发越，确是度越辈流的创制。本章上面提到贺氏的《六州歌头》，在同部韵的平、仄互协上，手法也与这首《水调歌头》相仿。

3. 平仄互协，各有固定韵位例：

苏轼《哨遍》：

为米折腰，因酒弃家，口体交相累。归去来，谁不遣君归？觉从前皆非今是。露未晞。征夫指予归路，门前笑语喧童稚。嗟旧菊都荒，新松暗老，吾年今已如此！但小窗容膝闭柴扉，策杖看孤云暮鸿飞。云出无心，鸟倦知还，本非有意。　　噫！归去来兮。我今忘我兼忘世。亲戚无浪语，琴书中有真味。步翠麓崎岖，泛溪窈窕，涓涓暗谷流春水。观草木欣荣，幽人自感，吾生行且休矣。念寓形宇内复几时？不自觉皇皇欲何之？委吾心、去留谁计？神仙知在何处？富贵非吾志。但知临水登山啸咏，自引壶觞自醉。此生天命更何疑？且乘流、遇坎还止。

这是苏轼把陶潜的《归去来兮辞》套进这个曲调内来唱的。它的格局，也是利用“奇偶相生”的基本法则，显示抑扬顿挫的音节。四言偶句如“云出无心，鸟倦知还”，“旧菊都荒，新松暗老”，都是平仄和谐的；“步翠麓崎岖，泛溪窈窕”两句，实际也是对偶形式，不过上句多了一个“翠”字而已。“累”、“是”、“稚”、“此”、“意”、“世”、“味”、“水”、“矣”、“计”、“志”、“醉”、“止”协十三个仄韵，“归”、“晞”、“扉”、“飞”、“噫”、“兮”、“时”、“之”、“疑”协九个平韵。仄为主而平为宾，宾主各有固定韵位；随着情感的轻重缓急，予以适当调剂，把格局和音响、内容和形式，紧密结合起来，恰恰显示这位田园诗人的性格和风趣。这也只有苏轼，才能安排得这样好。还有柳永《乐章集》中的《曲玉管》，也是近乎这一类的。

4. 前片协平，结句转仄和逗引下片全仄例：

史达祖《换巢鸾凤》：

人若梅娇。正愁横断坞，梦绕溪桥。倚风融汉粉，坐月怨秦箫。相思因甚到纤腰？定知我今、无魂可销！佳期晚，漫几度、泪痕相照。　人悄，天渺渺。花外语香，时透郎怀抱。暗握荑苗，乍尝樱颗，犹恨侵阶芳草。天念王昌忒多情，换巢鸾凤教偕老。温柔乡，醉芙蓉、一帐春晓。

这个调子的组织形式，是相当奇特的。第二句用一个去声的“正”字领下四言、五言各两偶句，平仄和谐而格

局过于严整；接以七言平句和八言拗句；这八言拗句是去平上平平平上平，显得低沉无力，表示黯然魂销的无聊情绪。如果不接上一个仄收的三言短句和上三下四的七言单句，而且接上一个去声的“照”字韵，就绝对不能把低沉的情调振起，而使感情有所调剂。下片连用两个仄韵短句，情调转急；接上一个四言平收句和一个五言仄收句，转入舒缓；再用两个四言偶句，一个六言单句，平仄又都是和谐的，音节也就随着更加舒缓。由追念旧欢转为未来愿望，逼出两个七言散句，更以未来的无限欢娱作结。“温柔乡”叠用三平，把语调放低，紧接一个去声的“醉”字振起。末四字入去平上，音节转拗；正由上面的低沉，非拗句不能相救。这种声韵组织，是适宜表达由悲转喜的柔情的。

第十六章　论适用入声韵和上去声韵的长调

长调的格局，必须有开阖动宕，才能和作者起伏变化的情感相应。所以运用“奇偶相生”的基本法则，是写长调歌词者所必须的。选韵也是重要条件之一。所有适宜选用平韵和平、仄互协的长调，大致都举例分析过了。尽管各式各样的调子还很多，是可以举一反三的。下面再来谈谈适宜选用仄韵的长调。词韵的三仄，上、去同用，入声独用，是小令、长调都一样的。哪个调子得用入声韵，哪个调子适用上声或去声韵，或者是上、去通协，清人戈载在他所作《词林正韵》的“发凡”中，提出过一些意见。他说：

> 词之用韵，平仄两途；而有可以押平韵，又可以押仄韵者，正自不少。其所谓仄，乃入声也。如越调又有《霜天晓角》、《庆春宫》，商调又有《忆秦娥》；其余则双

调之《庆佳节》，高平调之《江城子》，中吕宫之《柳梢青》，仙吕宫之《望梅花》、《声声慢》，大石调之《看花回》、《两同心》，小石调之《南歌子》，用仄韵者，皆宜入声。《满江红》有入南吕宫，有入仙吕宫；入南吕宫者，即白石所改平韵之体，而要其本用入声，故可改也。外此又有用仄韵而必须入声者，则如越调之《丹凤吟》、《大酺》，越调犯正宫之《兰陵王》，商调之《凤凰阁》、《三部乐》、《霓裳中序第一》、《应天长慢》、《西湖月》、《解连环》，黄钟宫之《侍香金童》、《曲江秋》，黄钟商之《琵琶仙》，双调之《雨霖铃》，仙吕宫之《好事近》、《惠兰芳引》、《六幺令》、《暗香》、《疏影》，仙吕犯商调之《凄凉犯》，正平调近之《淡黄柳》，无射宫之《惜红衣》，正宫、中吕宫之《尾犯》，中吕商之《白苎》，夹钟羽之《玉京秋》，林钟商之《一寸金》，南吕商之《浪淘沙慢》。此皆宜用入声韵者，勿概之曰仄而用上、去也。其用上、去之调，自是通叶，而亦稍有差别，如黄钟商之《秋宵吟》、林钟商之《清商怨》、无射商之《鱼游春水》宜单押上声，仙吕调之《玉楼春》、中吕调之《菊花新》、双调之《翠楼吟》宜单押去声。复有一调中必须押上、必须押去之处，有起韵、结韵宜皆押上、宜皆押去之处，不能一一胪列。

戈载这些说法，是用许多同调宋词归纳得出的结果，可惜没有说明它的所以然。据我个人的研究，这都由于四声的性质不同，关系于表达情感非常重要。入声短促，没有含蓄的余地，所以宜于表达激越峭拔的思想感情；上声舒徐，宜于表达清新绵邈的思想感情；去声劲厉，宜于表达高亢响亮的思想感情。但上、去两声与入声比较起来，总是要含蓄得多；所以上、去互叶，适宜表达悲壮郁勃的情趣。戈载是兼小令和长调一起说的。本章单论长调，且先从入声的几个长调，举些例子来谈谈。《满江红》、《念奴娇》、《贺新郎》之类，在第一章里已经分析过了。且举柳永、周邦彦、姜夔三家的其他作品，再来分析一下：

例一，柳永《雨霖铃》：

寒蝉凄切，对长亭晚，骤雨初歇。都门帐饮无绪，方留恋处，兰舟催发。执手相看泪眼，竟无语凝噎。念去去、千里烟波，暮霭沉沉楚天阔。　多情自古伤离别，更那堪、冷落清秋节！今宵酒醒何处？杨柳岸、晓风残月。此去经年，应是、良辰好景虚设。便纵有、千种风情，更与何人说？

这是唐玄宗在栈道中悼念杨贵妃的曲调，前面已经提过。它的音节，是哀怨凄断的。全阕共用“切”、“歇”、“发”、“噎”、“阔”、“别”、“节”、“月”、“设”、“说”十个入声韵；而且除了三个句子是用平声落脚外，其余全是仄收；还有“对长亭晚”的上一下三、“竟无语凝噎”的上一下四这些特殊句法，与“骤雨初歇”（仄仄平仄）、“酒醒何处”（仄仄平仄）、“好景虚设”（仄仄平仄）这一类的拗句结合起来，就构成了它那拗犯的音节。尽管它也适合十七八女郎执着红牙板去唱，却只是哽咽凄断之声，而乏和婉不迫之趣，因为它是要受本曲声情的制约的。

例二，姜夔《凄凉犯》：

绿杨巷陌秋风起，边城一片离索。马嘶渐远，人归甚处？戍楼吹角。情怀正恶，更衰草寒烟淡薄。似当时、将军部曲，迤逦度沙漠。　　追念西湖上，小舫携歌，晚花行乐。旧游在否？想如今、翠凋红落。漫写羊裙，等新雁、来时系着。怕匆匆、不肯寄与，误后约。

这是姜夔的自度曲。他写的是感伤凄断的思想感情，所以在整个上片中没有一个平收的句子，把喷薄的语气，运用逼仄短促的入声韵尽情发泄。后片虽然用了两个平收的句子，把紧促的情感调节一下；到结尾再用一连七仄的拗句，显示生硬峭拔的情调。在他的小序中说是“以哑觱栗角吹之，其韵极美”。这“美”的标准，怕有点特殊吧？

例三，周邦彦《大酺·春雨》：

对宿烟收，春禽静，飞雨时鸣高屋。墙头青玉旆，洗铅霜都尽，嫩梢相触。润逼琴丝，寒侵枕障，虫网吹粘帘竹。邮亭无人处，听檐声不断，困眠初熟。奈愁极频惊，梦轻难记，自怜幽独。　　行人归意速，最先念、流潦妨车毂。怎奈向、兰成憔悴，卫玠清羸，等闲时、易伤心目。未怪平阳客，双泪落、笛中哀曲。况萧索青芜国，红糁铺地，门外荆桃如菽。夜游共谁秉烛？

这发端用一去声的“对”字，领下两个三言偶句，一个六言单句，已觉劲挺有力。接着一个五言平句，略加疏宕；又用一个上声的“洗”字领下两个四言偶句，成一片段。“润逼”以下，挺接两个四言偶句，一个六言单句，又自成一片段；而这两个偶句的落脚字一平一仄相间使用，就显得比较和谐，与上面两个偶句的全用仄收，情调自异。“邮亭无人处”一句连用四平，低沉之极；接着又用一个去声的“听”字把它激起，领下两个四言偶句；再用去声的“奈”字作为关纽，领下两个四言偶句，一个单句。尽管在这半阕中，用了五处对偶，而字音上和词性上的安排，却是各不相同的，这就完全合乎“奇偶相生”、“轻重相权”的原则；兼有许多领字给以运转，便不会感到它的偶句过多，流为平滞。下片开端连协两韵，第二句是上三下五的句式，也使人们感到它的峭劲有力。接着又用“怎奈向”三字作为关纽，领下两个四言偶句，一个上三下四的七言单句，把它顿住。下面又在一个仄收的五言句后接上一个上三下四的七言句，而且十二字中有“客”、“落”、“笛”、“曲”等四个入声，构成一种特殊的音节。接着又是一个用入声收煞的六言句，显示落拓心情，正与字音相称。“红糁铺地”的平上平去，也带有拗怒的意味；接着又连协两韵，作为收束，更加显示音响的激越，是与作者所要表达的紧促心情完全相应的。

例四，周邦彦《浪淘沙慢》：

晓阴重，霜凋岸草，雾隐城堞。南陌脂车待发，东门帐饮乍阕。正拂面垂杨堪揽结，掩红泪、玉手亲折。念汉浦离鸿去何许？经时信音绝。　情切，望中地远天阔。向露冷风清无人处，耿耿寒漏咽。嗟万事难忘，惟是轻别。翠尊未竭，凭断云、留取西楼残月。　罗带光消纹衾叠，连环解、旧香顿歇。怨歌永、琼壶敲尽缺。恨春去、不与人期，弄夜色，空余满地梨花雪。

这是一个三叠的长调。它的声情是哽咽凄断的。它的奇偶交错以及和谐与拗怒的音节的巧妙结合，是只有精通音乐的柳永和周邦彦才能够运用得非常恰当的。“霜凋岸草，雾隐城堞”是四言偶句，而前平（平平去上）后拗（去上平入）；“南陌脂车待发，东门帐饮乍阕”，又是两个六言偶句，也是前平（平入平平去入）后拗（平平去上去入）；接连都用仄收，就更显示它的拗怒音节。下面挺接一个上一下七的八言句、上三下四的七言句，而以一个去声的“正”字作为承上领下的关纽；接着又是一个上一下七的八言句，一个略拗的五言句，而以一个去声的“念”字作为关纽。这一叠由于前面有了四个偶句，所以下面就得变作四个不同形式的奇句，使摇曳生姿，而声情却都是哽咽的。第二叠紧接一个二言短句入韵，又是一个六言句连协，显示过片处的紧凑。下面又以一个去声的“向”字领下一个七言、一个五言拗句；七言句连用四平，略见低沉；五言句变用四仄，使它激起。接着改用一个平声的“嗟”字领下四言两句，又是上平下拗，由低转高。“翠尊”句再作顿挫，逗起下面一个上三下六的长句，显示情致的骀荡。第三叠开始就用一个平去平平平平入的七言拗句入韵，显示情节的低沉而紧促；接着一个上三下四的七言句，一个上三下五的八言句，连协三韵，音节更趋激越，真有敲碎唾壶的意味，使人如听裂竹之声。接着一个上三下四的平收句，把紧张的情绪略为松弛一下；立即缀上一个三言短句，一个七言平句，三言激动而七言略转谐婉，且连协两韵，结出高亢激厉的尾声。运用健笔来写柔情，是柳、周二家的特色。

以下接着来谈上、去声韵的长调，一般都是上、去通协，没有什么限制的。但也要斟酌韵位所在，视情感的变化决定何者为最适宜而加以适当的调配。比较要激动的地方，就以去声为妥。分别举例说明如下：

上去通协例：

甲、王沂孙《齐天乐·咏蝉》：

一襟余恨宫魂断，年年翠阴庭树。乍咽凉柯，还移暗叶，重把离愁深诉。西窗过雨。怪瑶珮流空，玉筝调柱。镜暗妆残，为谁娇鬓尚如许！　铜仙铅泪似洗，叹移盘去远，难贮零露。病翼惊秋，枯形阅世，消得斜阳几度？余音更苦！甚独抱清高，顿成凄楚？漫想熏风，柳丝千万缕。

这个调子，在第一章中已经举了周邦彦的作品，说明同属仄声的上、去声字要更番使用。这首王沂孙词，对韵脚的上、去安排，是与周词有些出入的。上片连用了“树”、“诉”两个去声韵；接着于过脉的四言句换了一个“雨”字的上声韵；下面的“柱”是去声，“许”是上声，更迭使用，显示抑扬错落的情调。下片“露”、“度”连协两去，把情调激起；“苦”、“楚”、“缕”换协三上，转成凄抑，是与作者所要表达的情感十分相称的。周词是一般伤离念远的思想感情，王词却是亡国遗民的深哀沉痛，情绪的起伏变化是各不相同的。所以虽然用的是同一曲调，而对上、去韵脚的安排，不能一致，它的原因也就在此。

乙、周邦彦《西河·金陵怀古》：

> 佳丽地，南朝盛事谁记？山围故国绕清江，髻鬟对起。怒涛寂寞打孤城，风樯遥度天际。　断崖树，犹倒倚，莫愁艇子曾系。空余旧迹郁苍苍，雾沉半垒。夜深月过女墙来，伤心东望淮水。　酒旗戏鼓甚处市？想依稀、王谢邻里。燕子不知何世，向寻常巷陌人家相对，如说兴亡斜阳里。

这个适宜怀古的曲调，音节是凄壮沉郁的。它有很多平仄拗怒的句子，如“盛事谁记”的去去平去，“遥度天际”的平去平去，“艇子曾系”的上上平去，“东望淮水”的平去平上，“酒旗戏鼓甚处市”的上平去上去去上，“王谢邻里”的平去平上，“如说兴亡斜阳里”的平入平平平平上，都是构成拗怒音节的所在；只末句中间连用四平，显示低抑凄黯，与上面一个上一下八的长句连缀起来，更在苍劲中见沉郁。它的韵位安排，第一叠的“记”、“起”、“际”是去、上、去交递使用，显示轻重抑扬的美妙音节；第二叠的“树”、“倚”、“系”、“垒”、“水”是去、上、去、上、上；第三叠的“市”、“里”、“世”、“对”、“里”是上、上、去、去、上。上声韵越来越多，情调也就随着越来越低抑。这是一个悲多于壮的长调，但声情还是郁勃的。

丙、辛弃疾《摸鱼儿·淳熙己亥，自湖北漕移湖南，同官王正之置酒小山亭，为赋》：

更能消、几番风雨，匆匆春又归去。惜春长怕花开早，何况落红无数。春且住！见说道、天涯芳草无归路。怨春不语。算只有殷勤，画檐蛛网，尽日惹飞絮。　长门事，准拟佳期又误。蛾眉曾有人妒。千金纵买相如赋，脉脉此情谁诉？君莫舞！君不见、玉环飞燕皆尘土。闲愁最苦。休去倚危栏，斜阳正在，烟柳断肠处！

这个曲调的音节，是掩

抑低回、凄壮沉郁的。开端要取遥势，必得用上三、下四的七言句式，第一字宜用去声；第二句宜用平平平去平去，构成拗犯的音节。接一个七言句、一个六言句，再接一个三言句、一个上三下七的十言句，显示掩抑低回情调；“怨春”句是转筋换气的关纽；换用一个去声的“算”字领下两个四言平句，一个五言拗句（仄仄仄平仄），三句一气，逗出无限感喟。过片三言短句下接两个六言句，一平一拗，显示情调的紧促。以下的句法、韵位，与上片全同，只“休去倚危栏”变成平仄仄平平的句式，是不合本调的组织法则的。它的韵位安排，上片“雨”（一般首句不入韵）、“去”、“数”、“住”、“路”、“语”、“絮”是上、去、去、去、去、上、去；下片的“误”、“妒”、“诉”、“舞”、“土”、“苦”、“处”是去、去、去、上、上、上、去：全部是去多于上的。这样也就增加了激壮的成分，显示郁勃凄壮的失路英雄本色。这调子也为苏、辛一派作为豪杰之词者所乐用。

丁、汪元量《莺啼序》：

金陵故都最好，有朱楼迢递。嗟倦客、又此凭高，槛外已少佳致。更落尽梨花，飞尽杨花，春也成憔悴。问青山，三国英雄，六朝奇伟。　　麦甸葵丘，荒台败垒，鹿豕衔枯荠。正潮打孤城，寂寞斜阳影里。听楼头、哀笳怨角，未把酒、愁心先醉。渐夜深，月满秦淮，烟笼寒水。凄凄惨惨，冷冷清清，灯火渡头市。慨商女、不知兴废，隔江犹唱《庭花》，余音亹亹。伤心千古，泪痕如洗。乌衣巷口青芜路，认依稀、王谢旧邻里。临春结绮，可怜红粉成灰，萧索白杨风起。　　因思畴昔，铁索千寻，漫沉江底。挥羽扇、障西尘，便好角巾私第。清谈到底成何事？回首新亭，风景今如此！楚囚对泣何时已？叹人间今古真儿戏！东风岁岁还来，吹入钟山，几重苍翠。

这个四叠的长调，共二百三十六字，是宋词中所仅有的。最早的作者，要数吴文英。吴词的内容，是抒写男女恋情的，类多凄黯怨抑之音。汪元量为南宋遗民，曾随谢太后（道清）被俘入北，改服黄冠（道士服装），最后放归江南，满怀亡国的深痛，用这个曲调，抒写兴亡之感，是异常沉郁凄壮的。第一叠第二句是上一下四句法，第三句是上三下四句法，接上一个六言拗句（仄仄仄仄平仄），表达激情；再用一个去声的“更”字领下两个四言偶句，一个五言单句，作一停顿；再用一个三言短句领下两个四言偶句，音节是激壮苍凉的。第二叠在两个四言偶句之下，接着一个五言单句，成一小片段；再用一个去声的“正”字领下一个四言、一个六言句；再换两个上三下四的七言句，触景生情；再用一个三言短句领下两个四言偶句，融情入景，转见凄凉怨慕。第三叠一开头就是两个四言偶句，缀上一个五言拗句（平仄仄平仄），成一小片段；接着又是一个上三下四的七言句，一个六言、一个四言句，成一小片段；下面又挺接两个四言句，作一顿挫；因为上面的双字句过多，容易流于板滞，下面就得换上一个七言单句，一个上三下五的八言句，把它疏动一下；接着又是一个四言句、两个六言偶句（似对非对的特种偶句），又把散漫的形式还归齐整，于参差错落的音节中表达感今吊古的无限悲慨。第四叠开端连用三个四言单句，由今追昔，引出兴亡之感；接着一个三、三式的六言句，又一个六言平句，仍由“因思”二字转出，前慨武备的败坏，后叹文臣的无能；紧接一个七言单句，作一转纽；下面又是一个四言、一个五言平句，略加疏宕，收束吊古，转入感今；下面更转紧促，连押两韵，运用一个七言句，一个上一下七的八言句，总结今昔之感；最后换用一个六言、两个四言平句，再加疏宕，以景结情，弦外余音，无穷悲慨。它的韵位安排，第一叠的“递”、“致”、“悴”、“伟”是去、去、去、上，第二叠的“荠”、“里”、“醉”、“水”是上、上、去、上，第三叠的“市”、“废”、“亹”、“洗”、“里”、“绮”、“起”是上、去、上、上、上、上、上，第四叠的“底”、“第”、“事”、“此”、“已”、“戏”、“翠”是上、去、去、上、上、去、去，这与情感的起伏变化，也都是息息相关的。

关于上、去通协的长调，原是很多的。这里不过随手举例，结合内容和形式，酌加分析，以见声韵问题的一般法则而已。

戈载所称宜单押去声韵的《翠楼吟》，在第一章中已经提到过了。再举一首宜单押上声韵的《秋宵吟》，作为本章的结束：

古帘空，坠月皎，坐久西窗人悄。蛩吟苦，渐漏水丁丁，箭壶催晓。引凉飔，动翠葆，露脚斜飞云表。因嗟念，似去国情怀，暮帆烟草。　带眼消磨，为近日、愁多顿老。卫娘何在？宋玉归来，两地暗萦绕。摇落江枫早。嫩约无凭，幽梦又杳。但盈盈、泪洒单衣，今夕何夕恨未了！

这也是姜夔的自度曲。中间有一些特殊句式，如“因嗟念”的三言短句下，又用一个“似”字领下两个四言的特种偶句；又如“幽梦又杳”的平、去、去、上，“今夕何夕恨未了”的平、入、平、入、去、去、上，也都是一些特种拗句。全首韵脚如“皎”、“悄”、“晓”、“葆”、“表”、“草”、“老”、“绕”、“早”、“杳”、“了”，无一不是上声，显示一种清幽峭折的特殊情调，也是宋人词中少见的。

国家新闻出版广电总局

首届向全国推荐中华优秀传统文化普及图书

大家小书书目

国学救亡讲演录	章太炎 著 蒙 木 编
门外文谈	鲁 迅 著
经典常谈	朱自清 著
语言与文化	罗常培 著
习坎庸言校正	罗 庸 著 杜志勇 校注
鸭池十讲（增订本）	罗 庸 著 杜志勇 编订
古代汉语常识	王 力 著
国学概论新编	谭正璧 编著
文言尺牍入门	谭正璧 著
日用交谊尺牍	谭正璧 著
敦煌学概论	姜亮夫 著
训诂简论	陆宗达 著
金石丛话	施蛰存 著
常识	周有光 著 叶 芳 编
文言津逮	张中行 著
经学常谈	屈守元 著
国学讲演录	程应镠 著
英语学习	李赋宁 著
中国字典史略	刘叶秋 著
语文修养	刘叶秋 著
笔祸史谈丛	黄 裳 著
古典目录学浅说	来新夏 著
闲谈写对联	白化文 著
汉字知识	郭锡良 著
怎样使用标点符号（增订本）	苏培成 著
汉字构型学讲座	王 宁 著

诗境浅说	俞陛云 著
唐五代词境浅说	俞陛云 著
北宋词境浅说	俞陛云 著
南宋词境浅说	俞陛云 著
人间词话新注	王国维 著 滕咸惠 校注
苏辛词说	顾 随 著 陈 均 校
诗论	朱光潜 著
唐五代两宋词史稿	郑振铎 著
唐诗杂论	闻一多 著
诗词格律概要	王 力 著
唐宋词欣赏	夏承焘 著
槐屋古诗说	俞平伯 著
词学十讲	龙榆生 著
词曲概论	龙榆生 著
唐宋词格律	龙榆生 著
楚辞讲录	姜亮夫 著
读词偶记	詹安泰 著
中国古典诗歌讲稿	浦江清 著 浦汉明 彭书麟 整理
唐人绝句启蒙	李霁野 著
唐宋词启蒙	李霁野 著
唐诗研究	胡云翼 著
风诗心赏	萧涤非 著 萧光乾 萧海川 编
人民诗人杜甫	萧涤非 著 萧光乾 萧海川 编
唐宋词概说	吴世昌 著
宋词赏析	沈祖棻 著
唐人七绝诗浅释	沈祖棻 著
道教徒的诗人李白及其痛苦	李长之 著
英美现代诗谈	王佐良 著 董伯韬 编
闲坐说诗经	金性尧 著
陶渊明批评	萧望卿 著

古典诗文述略	吴小如　著
诗的魅力 ——郑敏谈外国诗歌	郑　敏　著
新诗与传统	郑　敏　著
一诗一世界	邵燕祥　著
舒芜说诗	舒　芜　著
名篇词例选说	叶嘉莹　著
汉魏六朝诗简说	王运熙　著　董伯韬　编
唐诗纵横谈	周勋初　著
楚辞讲座	汤炳正　著 汤序波　汤文瑞　整理
好诗不厌百回读	袁行霈　著
山水有清音 ——古代山水田园诗鉴要	葛晓音　著
红楼梦考证	胡　适　著
《水浒传》考证	胡　适　著
《水浒传》与中国社会	萨孟武　著
《西游记》与中国古代政治	萨孟武　著
《红楼梦》与中国旧家庭	萨孟武　著
《金瓶梅》人物	孟　超　著　张光宇　绘
水泊梁山英雄谱	孟　超　著　张光宇　绘
水浒五论	聂绀弩　著
《三国演义》试论	董每戡　著
《红楼梦》的艺术生命	吴组缃　著　刘勇强　编
《红楼梦》探源	吴世昌　著
《西游记》漫话	林　庚　著
史诗《红楼梦》	何其芳　著 王叔晖　图　蒙　木　编
细说红楼	周绍良　著
红楼小讲	周汝昌　著　周伦玲　整理

曹雪芹的故事　　周汝昌 著　周伦玲 整理
古典小说漫稿　　吴小如 著
三生石上旧精魂
——中国古代小说与宗教　　白化文 著
《金瓶梅》十二讲　　宁宗一 著
中国古典小说十五讲　　宁宗一 著
古体小说论要　　程毅中 著
近体小说论要　　程毅中 著
《聊斋志异》面面观　　马振方 著
《儒林外史》简说　　何满子 著

我的杂学　　周作人 著　张丽华 编
写作常谈　　叶圣陶 著
中国骈文概论　　瞿兑之 著
谈修养　　朱光潜 著
给青年的十二封信　　朱光潜 著
论雅俗共赏　　朱自清 著
文学概论讲义　　老 舍 著
中国文学史导论　　罗 庸 著　杜志勇 辑校
给少男少女　　李霁野 著
古典文学略述　　王季思 著　王兆凯 编
古典戏曲略说　　王季思 著　王兆凯 编
鲁迅批判　　李长之 著
唐代进士行卷与文学　　程千帆 著
说八股　　启 功　张中行　金克木 著
译余偶拾　　杨宪益 著
文学漫识　　杨宪益 著
三国谈心录　　金性尧 著
夜阑话韩柳　　金性尧 著
漫谈西方文学　　李赋宁 著
历代笔记概述　　刘叶秋 著

周作人概观	舒　芜　著
古代文学入门	王运熙　著　董伯韬　编
有琴一张	资中筠　著
中国文化与世界文化	乐黛云　著
新文学小讲	严家炎　著
回归，还是出发	高尔泰　著
文学的阅读	洪子诚　著
中国文学1949—1989	洪子诚　著
鲁迅作品细读	钱理群　著
中国戏曲	么书仪　著
元曲十题	么书仪　著
唐宋八大家——古代散文的典范	葛晓音　选译

辛亥革命亲历记	吴玉章　著
中国历史讲话	熊十力　著
中国史学入门	顾颉刚　著　何启君　整理
秦汉的方士与儒生	顾颉刚　著
三国史话	吕思勉　著
史学要论	李大钊　著
中国近代史	蒋廷黻　著
民族与古代中国史	傅斯年　著
五谷史话	万国鼎　著　徐定懿　编
民族文话	郑振铎　著
史料与史学	翦伯赞　著
秦汉史九讲	翦伯赞　著
唐代社会概略	黄现璠　著
清史简述	郑天挺　著
两汉社会生活概述	谢国桢　著
中国文化与中国的兵	雷海宗　著
元史讲座	韩儒林　著

魏晋南北朝史稿　　贺昌群　著
汉唐精神　　贺昌群　著
海上丝路与文化交流　　常任侠　著
中国史纲　　张荫麟　著
两宋史纲　　张荫麟　著
北宋政治改革家王安石　　邓广铭　著
从紫禁城到故宫
——营建、艺术、史事　　单士元　著
春秋史　　童书业　著
明史简述　　吴　晗　著
朱元璋传　　吴　晗　著
明朝开国史　　吴　晗　著
旧史新谈　　吴　晗　著　习　之　编
史学遗产六讲　　白寿彝　著
先秦思想讲话　　杨向奎　著
司马迁之人格与风格　　李长之　著
历史人物　　郭沫若　著
屈原研究（增订本）　　郭沫若　著
考古寻根记　　苏秉琦　著
舆地勾稽六十年　　谭其骧　著
魏晋南北朝隋唐史　　唐长孺　著
秦汉史略　　何兹全　著
魏晋南北朝史略　　何兹全　著
司马迁　　季镇淮　著
唐王朝的崛起与兴盛　　汪　篯　著
南北朝史话　　程应镠　著
二千年间　　胡　绳　著
论三国人物　　方诗铭　著
辽代史话　　陈　述　著
考古发现与中西文化交流　　宿　白　著
清史三百年　　戴　逸　著

清史寻踪	戴　逸　著
走出中国近代史	章开沅　著
中国古代政治文明讲略	张传玺　著
艺术、神话与祭祀	张光直　著
	刘　静　乌鲁木加甫　译
中国古代衣食住行	许嘉璐　著
辽夏金元小史	邱树森　著
中国古代史学十讲	瞿林东　著
历代官制概述	瞿宣颖　著
宾虹论画	黄宾虹　著
中国绘画史	陈师曾　著
和青年朋友谈书法	沈尹默　著
中国画法研究	吕凤子　著
桥梁史话	茅以升　著
中国戏剧史讲座	周贻白　著
中国戏剧简史	董每戡　著
西洋戏剧简史	董每戡　著
俞平伯说昆曲	俞平伯　著　陈　均　编
新建筑与流派	童　寯　著
论园	童　寯　著
拙匠随笔	梁思成　著　林　洙　编
中国建筑艺术	梁思成　著　林　洙　编
沈从文讲文物	沈从文　著　王　风　编
中国画的艺术	徐悲鸿　著　马小起　编
中国绘画史纲	傅抱石　著
龙坡谈艺	台静农　著
中国舞蹈史话	常任侠　著
中国美术史谈	常任侠　著
说书与戏曲	金受申　著
世界美术名作二十讲	傅　雷　著

中国画论体系及其批评　李长之　著
金石书画漫谈　启　功　著　赵仁珪　编
吞山怀谷
——中国山水园林艺术　汪菊渊　著
故宫探微　朱家溍　著
中国古代音乐与舞蹈　阴法鲁　著　刘玉才　编
梓翁说园　陈从周　著
旧戏新谈　黄　裳　著
民间年画十讲　王树村　著　姜彦文　编
民间美术与民俗　王树村　著　姜彦文　编
长城史话　罗哲文　著
天工人巧
——中国古园林六讲　罗哲文　著
现代建筑奠基人　罗小未　著
世界桥梁趣谈　唐寰澄　著
如何欣赏一座桥　唐寰澄　著
桥梁的故事　唐寰澄　著
园林的意境　周维权　著
万方安和
——皇家园林的故事　周维权　著
乡土漫谈　陈志华　著
现代建筑的故事　吴焕加　著
中国古代建筑概说　傅熹年　著

简易哲学纲要　蔡元培　著
大学教育　蔡元培　著
北大元培学院　编
老子、孔子、墨子及其学派　梁启超　著
春秋战国思想史话　嵇文甫　著
晚明思想史论　嵇文甫　著
新人生论　冯友兰　著

中国哲学与未来世界哲学	冯友兰　著
谈美	朱光潜　著
谈美书简	朱光潜　著
中国古代心理学思想	潘　菽　著
新人生观	罗家伦　著
佛教基本知识	周叔迦　著
儒学述要	罗　庸　著　杜志勇　辑校
老子其人其书及其学派	詹剑峰　著
周易简要	李镜池　著　李铭建　编
希腊漫话	罗念生　著
佛教常识答问	赵朴初　著
维也纳学派哲学	洪　谦　著
大一统与儒家思想	杨向奎　著
孔子的故事	李长之　著
西洋哲学史	李长之　著
哲学讲话	艾思奇　著
中国文化六讲	何兹全　著
墨子与墨家	任继愈　著
中华慧命续千年	萧萐父　著
儒学十讲	汤一介　著
汉化佛教与佛寺	白化文　著
传统文化六讲	金开诚　著　金舒年　徐令缘　编
美是自由的象征	高尔泰　著
艺术的觉醒	高尔泰　著
中华文化片论	冯天瑜　著
儒者的智慧	郭齐勇　著
中国政治思想史	吕思勉　著
市政制度	张慰慈　著
政治学大纲	张慰慈　著
民俗与迷信	江绍原　著　陈泳超　整理

政治的学问	钱端升　著　钱元强　编
从古典经济学派到马克思	陈岱孙　著
乡土中国	费孝通　著
社会调查自白	费孝通　著
怎样做好律师	张思之　著　孙国栋　编
中西之交	陈乐民　著
律师与法治	江　平　著　孙国栋　编
中华法文化史镜鉴	张晋藩　著
新闻艺术（增订本）	徐铸成　著
经济学常识	吴敬琏　著　马国川　编
中国化学史稿	张子高　编著
中国机械工程发明史	刘仙洲　著
天道与人文	竺可桢　著　施爱东　编
中国医学史略	范行准　著
优选法与统筹法平话	华罗庚　著
数学知识竞赛五讲	华罗庚　著
中国历史上的科学发明（插图本）	钱伟长　著

出版说明

“大家小书”多是一代大家的经典著作，在还属于手抄的著述年代里，每个字都是经过作者精琢细磨之后所拣选的。为尊重作者写作习惯和遣词风格、尊重语言文字自身发展流变的规律，为读者提供一个可靠的版本，“大家小书”对于已经经典化的作品不进行现代汉语的规范化处理。

提请读者特别注意。

北京出版社